En de multiples vies

Espoirs et désillusions
d'un Français de l'extérieur

Graveurs de Mémoire

Cette collection, consacrée essentiellement aux récits de vie et textes autobiographiques, s'ouvre également aux études historiques

*

La liste des parutions, avec une courte présentation du contenu des ouvrages, peut être consultée sur le site www.harmattan.fr

Jacques Rigault

Avec la collaboration d'Élisabeth Sandor

En de multiples vies

Espoirs et désillusions d'un Français de l'extérieur

L'Harmattan

Fidèle à sa volonté de maintenir vivant l'ensemble du catalogue et de continuer à rendre accessible à tous la richesse de son contenu, Les marques du groupe L'Harmattan proposent les ouvrages, même s'ils sont épuisés dans leur premier tirage, et les impriment à la demande.
Au vu de l'ancienneté de ce titre, un exemplaire original a été numérisé pour être réimprimé, ce qui pourrait altérer légèrement la qualité de certains passages.

5-7, rue de l'Ecole-Polytechnique, 75005 Paris

http://www.librairieharmattan.com
diffusion.harmattan@wanadoo.fr
harmattan1@wanadoo.fr

ISBN : 978-2-296-57653-7
EAN : 9782296576537

Remerciements

Mes remerciements vont à toutes celles et à tous ceux, disparus ou vivants, qui ont guidé mes pas et sans qui ma vie aurait été différente et ce livre probablement sans objet. Ils sont nombreux et, dans les pages qui suivent, je leur rends un hommage sincère et affectueux.

Je voudrais plus particulièrement exprimer ma gratitude ici à Elisabeth, mon épouse, dont l'aide obstinée et les conseils exigeants ont été précieux pour mener ce projet d'écriture à son terme.

Je tiens aussi à remercier mes enfants Pascale, Catherine, Bénédicte et Alexandre dont l'impatience et les encouragements ont été des moteurs puissants et qui j'espère trouveront dans ces pages une source utile et plaisante d'étonnement, d'intérêt et de réflexion.

Sommaire

Prologue

« Les bateaux ne partent pas que des ports
, ils s'en vont poussés par un rêve »
(Erik Orsenna, *L'entreprise des Indes*)

Nous sommes pétris de contradictions et nos vies sont une succession de tensions plus ou moins habilement dénouées. J'ai eu ma part de contradictions et me suis souvent trouvé face à ces tensions: tensions entre la vie rêvée et la réalité plus prosaïque des faits, tension entre un sentimentalisme romantique et la vie de garnison, tension entre la fermeté des principes et l'impératif pragmatique, tension entre la politesse de la discrétion et l'aspiration au vent du large et aux coups de gueule, tension entre le respect des conventions et l'impossible acceptation de l'injustice.

J'ai imaginé la France et l'ai découverte étroite et étriquée. J'ai rêvé de servir l'armée française, inspiré par Lyautey et par d'autres grandes figures militaires et me suis retrouvé à l'étroit, mal à l'aise dans un corps aux règles rigides et sans élan.

Enfant de l'extérieur, j'ai passé une grande partie de ma vie hors de France pour y travailler, y compris dans le cadre de notre diplomatie, sans finalement comprendre mes compatriotes et leur relation au monde. Etranger dans mon propre pays, j'ai appris très tôt à penser la diversité et à pratiquer un véritable exil intérieur.

Enfant né en Indochine et plus tard serviteur de l'armée française en Algérie, j'ai appris à respecter le de Gaulle de 1940, mais ai toujours nourri une méfiance profonde vis-à-vis de sa politique « coloniale », tout en rejoignant le parti qui se réclamait de son héritage.

Nourri au lait de l'Histoire et rêvant de grands Hommes, j'ai dû me résoudre à servir des causes et des hommes de dimensions plus modestes. J'ai vécu douloureusement certains soubresauts de la petite histoire, frappé par la médiocrité et le miroir déformant de ce qui semblait passionner mes contemporains.

Elevé par des parents chéris, aimants, mais distants, je nourris aujourd'hui avec mon fils de neuf ans une relation faite d'intimité et de complicité inédite pour moi. Descendant de grands navigateurs bretons et caressant l'idée d'une France conquérante, généreuse et dynamique, je voudrais lui communiquer ma part de rêve tout en lui apprenant à vivre intensément ces moments rares et précieux où il est possible de vivre ses propres rêves, quels qu'ils soient.

Je veux ici lui raconter mon histoire et comment j'ai pris part à celle des autres.

Des années 1930 à 2012, j'ai le sentiment d'avoir vécu une période de l'histoire de France particulièrement mouvementée et pleine de rebondissements : je suis un enfant de la colonisation et d'une époque marquée par des certitudes et un esprit de conquête. La Seconde Guerre mondiale, puis la décolonisation et le douloureux retour en France allaient imposer un changement de décor radical pour de nombreux Français. En quelques décennies, la France des grandes prouesses technologiques et des conquêtes industrielles a aussi fait place à celle des déficits, du chômage et des tensions sociales. En fond de tableau, le redoutable - mais finalement confortable car prévisible - combat entre le bloc de l'Est et celui de l'Ouest s'est effacé sous le double effet de la faillite économique du socialisme et de la montée des aspirations démocratiques. Mais le monde multipolaire d'aujourd'hui n'obéit à aucune grille de lecture évidente et les gouvernants occidentaux se font élire sur des programmes dont la mise en œuvre dépend autant de facteurs extérieurs imprévisibles que de leur vaillance et de leur honnêteté à réaliser ce pour quoi ils se font élire. Par la fenêtre de ma vie, je vois des changements profonds et multiformes qui ont affecté plusieurs générations sur plusieurs continents, au-delà du cercle plus étroit de ma famille.

Raconter sa vie est un exercice déprimant, voire schizophrénique…

Décrire, comme je le fais ici, le rôle que j'ai joué sur cette scène de théâtre au décor changeant n'est qu'un prétexte à un regard plus large sur une période singulière de notre histoire.

Dans la mesure du possible, je m'efforcerai de replacer tous les événements auxquels j'ai participé dans leur contexte historique. Mon approche étant purement sélective, mon propos sera d'évoquer certains moments forts de ma vie et de mettre l'accent sur un enchaînement d'événements ayant eu une incidence significative sur ma personnalité.

Par ailleurs, l'évocation de notre passé familial devra se contenter d'une certaine approximation: des grandes migrations de nos ancêtres en Europe sous la Révolution puis en Asie au XIXème siècle, il ne reste que quelques documents pieusement conservés dont j'ai la garde.

La malédiction des perpétuels émigrés s'étant abattue sur notre famille pour des raisons diverses et variées, la disparition d'un grand nombre d'archives n'est pas surprenante. Beaucoup d'informations recueillies dans cet ouvrage proviennent de témoignages oraux de membres de notre famille encore de ce monde. Pour moi, ils ont une valeur en tant que telle. Je laisse au lecteur le soin de faire la part du mythe et celle de la réalité avérée.

I - DANS LE VENT DE L'HISTOIRE

1. Les racines indochinoises

Hanoï, 19 décembre 1946, 20h01

Comme à l'accoutumée, ma mère s'apprête pour le dîner dans sa salle de bains. A cet instant précis, nous sommes brusquement plongés dans l'obscurité. Encore une farce de mon fils, pense-t-elle, avant de réaliser, une minute plus tard, tandis qu'une série d'explosion et de rafales d'armes automatiques retentit à proximité de la maison, que l'irréversible tant redouté est en train de se produire : la guerre d'Indochine vient de commencer.

De fait, selon le plan établi par le général Giap, le Vietminh a ouvert sa campagne par une attaque-surprise de l'usine électrique tandis que ses unités d'attaque donnent l'assaut à tous les éléments d'une armée française dispersée et prise au dépourvu malgré de nombreux signes avant-coureurs d'une situation qui devait se révéler rapidement incontrôlable. Abritant l'échelon régimentaire des chars de la division Leclerc dans les communs de notre vaste demeure de fonction (mon père étant, alors, Directeur de Descours et Cabaud, une importante société de produits métallurgiques), les soldats français font face avec un courage exemplaire à tous les assauts menés par les unités de choc du Vietminh contre notre position. En mission en province, mon père aura toutes les peines du monde à nous rejoindre le lendemain, par avion militaire.

Hanoï, 19 décembre, 20h 15.Couchés, ma sœur et moi, sur le palier entre deux étages, pour éviter les balles perdues, et soi-disant sous la surveillance de ma *thi ba*[1] qui n'en mène pas large, je regarde avec ahurissement ma mère ramper vers le balcon de sa chambre pour apporter de l'eau au soldat que j'aperçois couché sur son fusil-mitrailleur, lâchant

---

[1] *Thi ba* : gouvernante, en vietnamien.

fiévreusement rafale après rafale, dans une cascade de douilles vides et brûlantes. Au comble de l'excitation, je profite d'un nouveau « voyage » de ma mère vers le balcon pour tenter de voir ce qui s'y passe en la suivant dans une reptation hasardeuse qui déclenche une juste colère maternelle, plus redoutable à mon sens que ce qui pourrait passer pour un nouvel épisode d'une attaque de cow-boys par des Indiens!

De fait, tenus en échec dans leur tentative de coup de force dans l'ensemble de la ville, les commandos vietminh décrochent à l'aube par les égouts, non sans avoir pris en otage un certain nombre de civils français dont nous n'aurons plus jamais de nouvelles...

Soumise depuis 1940 aux aléas d'un conflit qui devient progressivement mondial, l'Indochine se trouve dans un isolement absolu. A 10 000 km de la métropole, sans politique clairement définie par le gouvernement de Vichy, sans moyens de communication fiables, cette situation n'est que l'un des avatars d'une politique française chaotique et indigente.

Les dépêches diplomatiques transitant par notre antenne de Chine répondant un mois plus tard aux questions qu'il soulève, le Gouverneur Général de l'Indochine, l'Amiral Decoux, se retrouve rapidement livré à lui-même, incapable d'assumer la responsabilité écrasante qui lui incombe soudainement.

Avant le 9 mars 1945, malgré la présence de troupes japonaises sur le sol indochinois, l'amiral Decoux, nommé par le régime de Vichy, avait réussi à maintenir la Fédération Indochinoise en paix, tout en préservant la souveraineté française. Malgré la faiblesse de ses moyens militaires, il était parvenu à maintenir les forces japonaises dans le strict respect des accords passés qui autorisaient la libre circulation de leurs troupes sur le territoire indochinois, sous réserve d'un accord préalable du Gouvernement Général.

Mais dans la nuit du 9 mars 1945, les troupes japonaises entrèrent en action sur tout le territoire de l'Indochine pour désarmer les Français et leur confisquer l'administration de la région. Après des combats souvent très durs, par exemple à à Lang Son, les Japonais mettront ainsi fin à une domination française de plus de 150 ans...

A la fin de mars 1945, les événements du Pacifique changeront la donne : le Japon proche de la défaite cherchera à renforcer sa position en Indochine. Mais les radios alliées inspirées par le nouveau gouvernement français annonceront complaisamment que l'Indochine sera libérée de force, ce qui ne manquera pas de donner aux Japonais le prétexte qui leur manquait pour intervenir.

Après le coup de force japonais du 9 mars 1945, qui suspend en Indochine la souveraineté française, le champ est libre pour intervenir.

D'erreurs en aveuglement de la part du gouvernement français, des Français « libres » irresponsables et ignorants des subtilités de l'Asie seront infiltrés à partir de la Chine avec l'objectif de contrôler l'Amiral Decoux accusé de collaboration et d'organiser ...la résistance !

A cette méconnaissance de la situation réelle du pays s'ajouteront les atermoiements de la politique américaine, qui oscillera entre la condamnation du colonialisme par le Président Roosevelt et le retour au réalisme prôné par le Président Truman face au péril communiste. Ces atermoiements et ces divergences allaient sceller l'avenir de l'Indochine. Le pays ne pouvait que sombrer dans une guerre cruelle marquant à jamais plusieurs générations de Vietnamiens et de Français.

De cette période trouble – j'ai alors 9 ans –, il ne me reste que peu de souvenirs précis. Mon père étant incarcéré à la citadelle de Hanoï avec ses camarades officiers, ma mère, comme de nombreuses mères de famille de la ville, fut assignée à résidence avec ma sœur et moi, au Tam-Dao.

Ce massif montagneux isolé, situé à une altitude de 1591 mètres, à 60 kilomètres au nord-est de Hanoï, abritait un hôtel et quelques résidences d'été. Bien que nous fussions entassés dans une chambre par famille et peu nourris, ce séjour m'a paru idyllique: pas d'école, libre accès à la jungle qui entourait la station, fabrication avec mes camarades de pièges à tigres qui pullulaient dans ces parages rarement visités par nos geôliers ... Nous rentrions le soir fourbus, sans avoir vu la queue d'un tigre, mais couverts de sangsues tenaces et ravis de notre nouveau terrain de jeu !

C'est par la suite que nous connaîtrons les manifestations de la sauvagerie japonaise.

A Lang Son, à la frontière de la Chine, un poste stratégiquement important, qui n'aura pas fini de faire parler de lui, était tenu par une garnison française.

A proximité, une garnison japonaise était installée conformément aux accords passés, les deux garnisons s'efforçant d'entretenir des relations de voisinage formelles, sinon cordiales.

Attaqués par surprise dans la soirée du 9 mars, sans possibilités de résistance sérieuse, les survivants de la garnison française seront, après reddition, massacrés à coups de mitrailleuse ou à la baïonnette.

Dans le même poste, presque tous les prisonniers seront, deux ou trois jours plus tard, décapités au sabre.

Parmi les victimes, nombre d'officiers français auront été traîtreusement arrêtés le 9 mars au soir, au cours d'un dîner offert par les officiers japonais...

De retour à Hanoï, après la libération de mon père, j'ai en mémoire la visite à notre maison de deux officiers japonais en gants blancs et sabre au côté. Ils s'inclinent devant ma mère et lui remettent cérémonieusement un coffret contenant les affaires et les papiers personnels de notre parent, le lieutenant de Montanary, décapité à Lang Son.

D'autres scènes surréalistes me reviennent en mémoire: à cette époque, nous habitions une grande demeure coloniale en face du Quartier Général de la Kampetai, la Gestapo japonaise.

Cette promiscuité nous mettait quelque peu à l'abri des pillages et exactions en tous genres auxquels Hanoï était livré. En revanche, elle nous exposait à des scènes étranges. Ainsi, tous les jours à 16h, nous recevions la visite du chef de ladite Kampetai, en gants blancs et sabre au côté. Silencieux il s'inclinait devant ma mère, offrait une banane à ma petite sœur ébahie et s'installait au piano pendant une heure pour honorer Chopin ou Bach…puis prenait congé tout aussi cérémonieusement. Cette situation était d'autant plus étrange que j'entendais la nuit des cris étouffés de femmes ou d'hommes soumis à la torture dans la villa de la Kampetai de l'autre côté de la rue…

2. Les pesanteurs familiales

Nice, 1947.

Mon grand-père maternel, Auguste Bonte, disparu lorsque j'avais 11 ans, n'aurait sans doute jamais imaginé qu'il pourrait si fortement marquer mes jeunes années et même ma vie.

Evacué sanitaire de Hanoï à Nice où mes parents s'étaient fixés après leur départ forcé d'Indochine en 1947, il était insomniaque.

Au grand dam de ma mère, j'ai eu le privilège de lui tenir compagnie la nuit comme voisin de « chambrée », quelques mois avant sa disparition.

Luttant héroïquement, du haut de mes 11 ans, contre le sommeil et l'épaisse fumée de ses cigarettes, j'attendais avec impatience, tout au long de ma journée d'école bien banale, le moment de retrouver la magie de ces longues soirées consacrées à l'histoire de notre famille.

Les aspects chevaleresques de ses récits me tenaient en haleine.

Ainsi, j'étais vivement impressionné par les exploits du corps expéditionnaire auquel mon grand-père avait appartenu, en 1884, sous le commandement du Général Brière de L'Isle, notre parent, contre les armées chinoises et leurs acolytes, les Pavillons noirs !

J'ai retrouvé le texte de l'ordre n° 14 cité approximativement par mon grand-père au moins une fois par nuit:

« Officiers, sous-officiers, soldats et marins de la garnison de Tuyen-Quang,

Sous le commandement d'un chef héroïque le chef de Bataillon Dominé,

Vous avez tenu tête pendant 36 jours, au nombre de six cents, à une armée dans une bicoque dominée de toute part. Vous avez repoussé victorieusement sept assauts. Un tiers de vos effectifs et presque tous vos officiers ont été brûlés par les mines ou frappés par les balles et les obus chinois, mais les cadavres de l'ennemi jonchent encore les trois brèches qu'il a vainement faites au corps de place.

Aujourd'hui, vous faites l'admiration des braves troupes qui vous ont dégagés, au prix de tant de fatigues et de sang versé. Demain, vous serez acclamés par la France entière.

Vous tous aussi, vous pourrez dire avec orgueil :

« J'étais de la garnison de Tuyen-Quang ; j'étais sur la canonnière « la Mitrailleuse »...

Au Quartier général, à Tuyen-Quan, le 3 mars 1885, Briere de L'Isle »

Ironie de l'Histoire, notre famille a, par la suite, séjourné rue du Commandant Dominé à Haïphong et rue de Tuyen-Quang à Hanoï.

Mon grand-père n'était pas non plus en reste pour évoquer les origines de la présence française en Indochine. Il citait de mémoire les instructions du Comte Waleski, alors ministre des Affaires étrangères de Napoléon III. Je me suis procuré ce texte pour en donner le libellé exact.

Le Comte Waleski, ministre des Affaires Etrangères, à l'Amiral Hamelin, ministre de la Marine :

Paris, le 25 novembre 1857 :

… « Le gouvernement de la Cochinchine, malgré l'appui que la France lui a prêté en vertu d'un traité, a renouvelé ses persécutions contre nos missionnaires, dont plusieurs ont été mis à mort, et a constamment refusé d'entrer en relations d'amitié et de commerce avec la France…

Nous nous exposerions à un échec certain en recommandant à l'Amiral Rigault de Genouilly de recourir à nouveau à la voie des négociations…

En arrivant, l'Amiral devra occuper la baie et le territoire de Tourane. Maître de cette position, il aura à examiner si ses efforts doivent tendre à réaliser l'établissement du Protectorat sur la Cochinchine ou s'ils doivent se borner à la conclusion d'un traité de commerce, d'amitié et de navigation…l'Empereur entend s'en remettre entièrement sur le choix entre ces deux alternatives à la sagacité de M. Rigault de Genouilly… »

Baie de Tourane , le 17 septembre 1858 :

« Monsieur le Ministre,

« J'ai l'honneur de vous annoncer que les ordres de l'Empereur sont exécutés en ce qui concerne la prise des forts de Tourane et leur occupation… »

Amiral Rigault de Genouilly

Passionné par son sujet, mon grand-père n'hésitait pas, entre deux nuages de fumée, à remonter aux sources de la présence française en Indochine, sans se soucier le moins du monde de mon désarroi devant une avalanche de faits historiques que je n'arrivais pas à assimiler.

Cependant, je lui dois mon amour des livres et ma passion pour l'histoire de France, plus particulièrement celle de la « Geste Française en Indochine ».

Invariablement, le propos s'orientait vers l'évocation des grands ancêtres de notre famille, au premier rang desquels l'amiral Comte de Kerguelen, découvreur des îles qui portent aujourd'hui son nom et dont le destin fut si tragique. Mon grand-père était intarissable sur Yves - Joseph de Kerguelen-Trémarec. Garde de la Marine en 1750, lorsqu'il avait 16 ans, il bouillait d'impatience, à 21 ans, de devenir enseigne, avec à peine 5 ans d'expérience.

N'ayant pas le temps de mer nécessaire, il s'embarque à bord de la frégate l'« Héroine » pour une campagne aux îles du Cap-Vert. Puis, de retour à Brest en octobre, il est enfin promu Enseigne.

En 1757, ce brillant officier affecté à Dunkerque rencontre Marie-Laurence de Bonte, mon aïeule. Jacques Nicolas de Bonte, son père, un important armateur, est seigneur de Recques en Artois, de Zeltun, Vroilant, Polincove, Cocove, Hollandre...Sa mère, Laurence Jacqueline Brigitte de Coppens appartient à une puissante famille des Flandres. Marie-Laurence, aînée des cinq enfants qui subsistent sur quinze, épousera Kerguelen en 1758. Elle a 18 ans et lui 24.

Pendant la période révolutionnaire, on compte quatre générations de Bonte.

Auguste, deuxième du nom, reviendra d'exil en Angleterre en 1815 et ne relèvera aucun titre ou particule. Charles, un de ses fils, sera tué à la tête de son régiment de cuirassiers à cheval, lors de la charge de Reichshoffen en 1870. Mon arrière-grand-père, Auguste, le troisième du nom, médecin de la marine, fera la campagne du Mexique sous Napoléon III. A cette occasion, il publiera une thèse sur les maladies tropicales et ramènera de sa campagne la rosette de la Légion d'Honneur...Quant au dernier des Bonte, mon grand-père Auguste (le 4ème), il restera sans descendance masculine.

De son mariage en premières noces avec Vu Thi Bac, naîtra Fanny, et en secondes noces, avec Lucie N'Guyen Thi Tich, ma grand-mère maternelle, naîtront ma mère Suzy et mes trois tantes Yvonne, Madeleine et Mauricette.

Seule cette dernière, âgée de 95 ans, est encore de ce monde. A elle et à Madeleine, récemment disparue, je dois nombre de souvenirs et d'anecdotes familiales précieusement recueillis et restitués dans cet ouvrage.

Quant aux Kerguelen, le sort s'acharnera sur l'Amiral, mais les liens entre nos deux familles se renforceront par le mariage en secondes noces de Victoire de Kerguelen, fille de Marie-Laurence et de l'Amiral, avec son cousin germain, Auguste Ier de Bonte.

Du côté de ma famille paternelle, peu de traces subsistent encore: je n'ai pas connu mon grand-père paternel, Ferdinand Rigault, de vieille souche bretonne, décédé de maladie en 1941. Il dirigeait alors l'orphelinat de Hanoï après une belle carrière effectuée dans les troupes coloniales.

Ma grand-mère paternelle née Jeanne Van den Broeck, issue d'une famille hollandaise émigrée en Indonésie, a veillé sur mes premiers pas lorsque mes parents voyageaient en Europe ou en Asie. J'ai le souvenir d'une femme autoritaire dont la forte personnalité se heurtait souvent à celle de ma mère, dotée elle aussi d'un caractère bien trempé.

Mes souvenirs de vacances dans la maison de ma grand-mère à Doson, en baie d'Along, ont marqué ma petite enfance. De style colonial, au milieu d'un parc aux senteurs tropicales enivrantes, cette demeure représentait pour moi la promesse de mille bonheurs sur la plage de sable blanc qui bordait la propriété ou celle d'une croisière magique en jonque dans la baie…

En 1947, ma grand-mère décida de mettre sa maison à la disposition de la Division Leclerc pour laquelle elle devint un centre de convalescence et de repos. Nous ne savons pas ce qu'elle est devenue à la fin du conflit, après le départ des troupes françaises.

3. La fin du rêve blanc

Il est difficile de se faire une idée de ce qu'était la société coloniale de cette époque.

Les Français étaient ou avaient été navigateurs, missionnaires, soldats de marine, commerçants, médecins, administrateurs, douaniers, employés des postes, ingénieurs, aventuriers, planteurs… débarqués d'un paquebot des Messageries Maritimes sur les quais de Saïgon entre 1860 et 1914.

Ils étaient, en général, vite intégrés à la société coloniale ou lentement marginalisés.

Leur vie quotidienne fait partie de ce qui fut la geste d'une Indochine qui n'existe plus, sinon dans l'imaginaire d'une histoire légendaire et révolue.

L'itinéraire de mon grand-père maternel me paraît assez typique de ce que pouvait être le parcours de la plupart des colons. Faute d'archives plus précises, j'en restitue ci-dessous les principales étapes.

Il naît le 6 janvier 1867 à Brest où son père, officier de marine, était en garnison. De 1884 à 1889, il effectue son service militaire au Tonkin, dans la province d'Annam. Entre 1889 et 1893, il effectue son service civil en Indochine à la Chancellerie du gouvernement Général. De 1893 à 1902, on le retrouve comme planteur. Puis, pendant les neuf années qui suivent, il est responsable de la vente de produits en régie au sein de la Compagnie générale du Tonkin. En 1912, il se reconvertit dans les mines et minerais au Tonkin et au Yunnan avant de devenir en 1915, pendant neuf ans, le Directeur des mines de zinc de Duc-Bo. En 1924, il devient entrepreneur de travaux publics et termine sa vie professionnelle comme syndic liquidateur de sociétés.

En bref, il aura passé l'essentiel de sa vie, de 18 à 70 ans, en Indochine, dont 52 ans d'activité professionnelle dans des activités largement lucratives et 30 ans passés à voyager en Annam, au Tonkin et en Chine.

Ma mère Suzy Bonte est née le 9 juillet 1913 à Hanoï. Après le décès prématuré de sa mère, elle est élevée par mon grand-père avec ses trois sœurs et Fanny, leur demi-soeur, dans le respect des traditions familiales les plus strictes. Elle en gardera toute sa vie le sens du devoir et du don de soi qu'elle exprimera notamment lors de la longue et douloureuse maladie qui emportera mon père, plus tard, le 12 avril 1965. Ma mère écrivait beaucoup, notamment les premiers temps de son mariage. Un cahier retrouvé dans ses archives et que je garde précieusement relate le premier voyage de mes parents en Europe, avant le déclenchement des hostilités en 1939. Le style précis et nuancé correspond bien à la personnalité raffinée de son auteur.

Georges, Marie, Eugène Rigault, mon père, est le né le 31 mai 1908 à Haïphong. Issu de la bonne société de Hanoï, il a connu, comme nombre de ses amis, l'existence insouciante de la jeunesse aisée de l'époque: après des études classiques peu enthousiasmantes, rallyes auto et pilotage d'avions le motivaient davantage que l'idée de succéder à son père au sein des Etablissements Descours et Cabaud de Hanoï[2] comme le voulait l'usage.

---

[2] Descours et Cabaud est une société lyonnaise d'import-export spécialisée dans les produits industriels.

Le 27 avril 1935, en la cathédrale de Hanoï, mon père, âgé de 27 ans, épousait une jeune femme de 22 ans. Un an plus tard, ce jeune couple m'accueillait avec une grande joie.

De ma petite enfance, je n'ai bien sûr que très peu de souvenirs. J'ai été un enfant comblé et choyé au-delà de l'imaginable, sachant gérer sans doute avec habileté mon statut d'enfant unique à l'époque.

Les dernières années - 1940-1947 – me reviennent en mémoire comme des années de plomb. Notre famille vivait au rythme des bombardements américains qui nous précipitaient à intervalles réguliers dans la tranchée creusée dans notre jardin, puis des diktats et des aléas de l'occupation japonaise. Enfin, nous fûmes soumis au désordre et à l'anarchie dans un pays livré à tous les excès après la capitulation japonaise, en l'absence de toute troupe alliée pour la recueillir et de consensus des vainqueurs de la guerre quant au destin de ce territoire.

Quatre ans plus tard, l'effondrement de la France puis l'embrasement de l'Asie lors d'un conflit devenu mondial devaient compromettre définitivement les fragiles équilibres politiques, économiques et sociaux qui avaient fait de l'Indochine une terre d'exception. En Indochine comme ailleurs, la colonisation fut pavée de bonnes intentions...Certes, le rêve d'une colonisation humaniste motiva plus d'un colon. L'Indochine française eut ses philanthropes, ses figures désintéressées, ses personnalités courageuses, dévouées aux populations locales, à côté d'une majorité européenne qui l'était beaucoup moins...Pour ce qui est de ma famille, je garde le souvenir d'une relative « intégration »…Ma mère, ses sœurs parlaient toutes le vietnamien. La famille témoignait elle-même d'un métissage certain et il ne serait venu à l'idée de personne autour de moi de critiquer mes amitiés et mes activités d'enfant largement partagées avec des jeunes Vietnamiens de mon âge.

Août 1947

Le vol Air France Saïgon-Paris en DC4 Skymaster nous emporte, mes parents, ma sœur et moi, vers l'inconnu…

Nous quittons à jamais cette terre indochinoise, théâtre de près d'un siècle de notre histoire familiale. Nous quittons nos morts, nos amis, vietnamiens ou européens, et nos biens, souvent modestes. Nul ne réalise encore très bien les effets que produira, à retardement, ce départ vécu comme un arrachement, mais aussi comme un grand soulagement après des mois de terreur, de privations, d'incertitude du lendemain.

Je sens mes parents à bout de nerfs après huit ans de guerre mondiale, face à la perspective d'une nouvelle guerre en Indochine après l'échec des négociations de Fontainebleau et le coup de force Vietminh du 19 décembre 1946[3].

Le voyage est à l'image de cet après-guerre qui n'en finit pas. Les escales sont nombreuses. Elles sont l'occasion d'étapes plus ou moins pittoresques: Calcutta et ses trottoirs bondés de mendiants faméliques, Karachi qui offre un spectacle similaire. L'étape de Bagdad est supprimée, un de nos quatre moteurs ayant pris feu, et le vol est détourné sur Le Caire, où nous passons un fort agréable séjour à l'Heliopolis Palace, aujourd'hui disparu, au milieu d'une cohorte d'officiers anglais en grande tenue.

Après un petit déjeuner à Tunis, le lendemain, c'est enfin la Méditerranée et de l'autre côté une ligne de terre de plus en plus nette…la France, celle de mes livres de chevalerie. Une grande émotion s'empare de tous les passagers dont

---

[3] La conférence de Fontainebleau s'est tenue entre le gouvernement et le Vietminh en été 1946, à Fontainebleau (Seine-et-Marne), sans succès.

certains ne connaissent pas encore ce pays tandis que le champagne coule à flots, versé par un équipage enthousiaste et compréhensif.

L'atterrissage au Bourget nous ramène à de tristes réalités: formalités interminables, accueil médiocre, retour à la France éternelle de Courteline, à la médiocrité imbécile et soupçonneuse ! Du haut de mes 11 ans, j'ai du mal à réaliser pourquoi nous sommes si pressés de vivre dans cet environnement sinistre que nous traversons en autobus pour rejoindre notre hôtel, place de la Sorbonne. Tout ça pour ça ! L'enthousiasme de mes parents ne me convainc pas… «S'il te plaît maman, quand repartirons-nous chez nous ?... »

En l'absence de réponse, je ne sais pas encore que nous n'avons plus de repères, donc de « chez nous », en tant qu'émigrés de l'intérieur et étrangers dans notre propre pays après que mes ancêtres lui aient tant donné…

II - Vers de nouveaux defis

1. Un intermède niçois

D'un commun accord, ma famille décide donc de se regrouper à Nice, ville dont la latitude est la seule acceptable climatiquement !

En provenance du Tonkin (c'est notre cas), de Cochinchine ou du Cambodge, chacun s'organise selon ses moyens et s'installe selon ses besoins. Quant à moi, je vois avec appréhension arriver le temps de la rentrée scolaire.

Je suis admis en 6ème au lycée Félix Faure en lisière du vieux Nice, une impressionnante bâtisse en granit abritant une multitude de salles de classe et plusieurs cours intérieures. Ma première impression n'est pas très encourageante. Quelques décennies plus tard, j'aurai la surprise de constater lors d'une visite combien les dimensions enregistrées dans mon souvenir avaient singulièrement rétréci !

De la 6ème au Baccalaureat, je me suis entièrement intégré dans ce nouvel environnement social et culturel et j'ai vécu une adolescence épanouie et enrichissante.

Je le dois à la qualité de mes professeurs, de merveilleux pédagogues, à une époque où l'on pouvait trouver le temps d'écouter et de convaincre.

L'un d'entre eux occupe une place à part dans mon souvenir: professeur de Sciences Naturelles, Pierre Beck, rescapé des camps de la mort, avait consacré sa vie au scoutisme qu'il m'a fait connaître et apprécier. Je lui dois la réussite de mon adolescence, au service des autres, le sens des responsabilités, la rigueur morale et intellectuelle et la réussite de mon parcours scolaire. Je salue sa mémoire. A sa disparition, à la suite d'une longue maladie, nous avons été nombreux à être ses orphelins.

« Levez- vous orages désirés… »[4]

Le baccalauréat conquis de haute lutte avec mention « bien » en 1953, l'ère des grandes incertitudes commençait.

Soucieux de prendre un peu de recul par rapport aux études supérieures, j'optai pour une année sabbatique et, de 1953 à 1954, je rejoignis d'abord la faculté de Grenoble où se trouvaient déjà quelques amis à la Faculté de Droit, puis Sciences – Po où je fus admis comme auditeur libre.

Grâce à la compréhension et aux sacrifices de mes parents, j'ai passé quelques mois déterminants pour mon choix de vie future, au contact de nombreux étudiants français et étrangers. Ma personnalité s'est ainsi construite, pas à pas, à l'aune d'un apprentissage de la vie quelquefois difficile hors du cocon familial.

L'année 1954 devait être exceptionnelle et fertile en événements qui ont marqué ma vie: la tragédie de Dien Bien Phu devait laisser en moi une empreinte indélébile, faite de

[4] *René*, François-René de Chateaubriand.

honte et de rage : elle est à l'origine du choix de la carrière des armes que je ferai une année plus tard.

A l'approche de la fin de cette année scolaire 1954 se posait le problème de mon avenir immédiat: je décidai de préparer le concours de l'Ecole Coloniale, puisque j'étais admis en « hypocolo », la classe préparatoire à ce concours, au lycée Henri IV à Paris.

En attendant la rentrée scolaire, j'obtins de mes parents de passer l'été en Angleterre, à Oxford (Hartford College,) puis à l'Université d'Exeter en Cornouailles. Cette parenthèse dans mon jeune parcours fut importante, non seulement sur le plan linguistique, mais surtout en ce qu'elle me replongea dans un environnement multiculturel et varié qui m'a toujours fasciné.

Mon année de pensionnaire à « H4 » fut une année de grande solitude, mais la qualité exceptionnelle de nos professeurs la rendit passionnante.

De cette période, je garde plus particulièrement le souvenir de notre aumônier, le Père de Gibon. Ancien officier de cavalerie, il a su, sous des aspects bourrus, m'apporter aide et réconfort avec la discrétion d'un véritable gentilhomme, exerçant ainsi une réelle influence sur le développement de ma personnalité.

Cette année scolaire devait s'achever dans la pire des situations : 2 mois avant le concours, nous apprenions la dissolution de l' « l'Ecole Coloniale, » remplacée par l'Ecole de la France d'outre-mer, appelée à former des cadres locaux et administratifs !

Il fallut nous déterminer et choisir notre voie. Je choisis la mienne, renonçant à passer ce concours dénaturé et sollicitai mon inscription à Ste-Geneviève de Versailles pour la prochaine rentrée scolaire afin de préparer, dans cet établissement prestigieux, le concours de St-Cyr.

Le choix de « Ginette » n'était pas fortuit. Depuis des années, la naissance lente et chaotique de ma vocation s'opérait sur fond de préoccupations religieuses.

Un court extrait de mon journal intime évoque « Grenoble, année d'hésitations, de trouble et de désarroi...une âme qui se cherche, un esprit qui se débat au milieu de contradictions. Désarroi religieux, cri de révolte ou ardente prière...Dieu de souffrance et d'amour, donne-nous la lumière et l'intelligence de la croix et ne nous abandonne pas au silence ».

Nombre de grandes figures avaient peuplé les corridors venteux de Ginette comme Lyautey, mon modèle d'officier et surtout Charles de Foucauld, notre lointain parent, dont j'ai eu la fierté d'occuper la chambre !

L'année 1956-57 sera déterminante dans ma vie: reçu 155e à St-Cyr sur 336 postes à pourvoir, j'entrais désormais dans la vie réelle au service de mon pays.

2. Le choix des armes

Coëtquidan, 1957.

Cet extrait de mon journal restitue bien l'idéal romantique qui est le mien à l'époque:

« Terre promise, arrosée de larmes, cris de révolte et amertume des désillusions, contact avec la réalité, dur apprentissage de la vie d'homme cruelle et sans pitié, pleine d'embûches d'où l'âme sort fortifiée ou amoindrie, rude école de caractère , le premier galon enfin et, avec lui, ma première personnalité d'homme formé, armé et prêt à assumer sa destinée... »

A la réflexion, ces deux années de formation dans la lande bretonne n'étaient pas spécialement un eldorado, mais notre motivation en sortait renforcée. La plupart de nos instructeurs avaient une expérience récente des combats menés en Indochine, puis en Algérie. Nous rêvions de les imiter et d'être dignes de ces véritables héros couverts de décorations, mais étrangement silencieux, comme pour nous appeler à observer la même réserve, à prendre conscience de la gravité de notre engagement et à faire face avec humilité et détermination au moment d'affronter le combat.

Mon rang de sortie de l'école - 11ème sur 330 - le permettant, je choisis la Cavalerie par souci de respecter une certaine tradition familiale, mais aussi, il faut bien le reconnaître, par défaut : mon acuité visuelle était jugée insuffisante et, la réglementation de l'époque étant très stricte à cet égard, je ne pouvais pas intégrer l'Ecole Navale qui était mon premier choix.

Après une courte permission, je rejoins l'Ecole d'application de l'Arme Blindée et de la Cavalerie à Saumur pour une année scolaire.

En ce temps béni, le roi n'est pas mon cousin: bottes sur mesure de chez Gillois, tenues de chez Talon, de préférence achetées à crédit comme il se doit pour un officier du plus grand avenir...mais fauché!

Cette rentrée scolaire tonitruante s'agrémente d'un nombre impressionnant d'activités extra-scolaires, comme des chasses à courre à moto. Celles-ci consistaient en un bruyant carrousel de motos, lancées à la poursuite insensée d'un des nôtres, déguisé en cerf de pacotille et chevauchant une moto pétaradante qui terrorisait le « pékin » pourtant habitué aux frasques de ces jeunes officiers insouciants dont on chuchotait dans les chaumières que certains d'entre eux pouvaient devenir le gendre idéal ...

Nos rêves, en réalité, étaient loin de ces frivolités. L'écho des combats en Algérie nous parvenait, feutré certes, mais omniprésent. Nous avions hâte de prendre le relais de nos anciens dont les exploits et les sacrifices hantaient nos nuits.

Pour l'heure, le rythme de notre instruction devenait endiablé sous l'impulsion de notre commandant de division le Colonel de la Chapelle: raids à moto en hiver de Saumur à Briançon, stage de pilotage d'avion privé, participation aux épreuves d'équitation de Verrie…Un parcours de cross en particulier me laissera quelques traces, à la suite d'une mésentente avec une monture caractérielle, qui me conduira tout droit à l'hôpital militaire de la place avec des fractures et traumatismes crâniens nombreux !

Deux semaines après cet incident, je reprenais ma place au sein de ma brigade le jour où notre instructeur faisait appel à des volontaires pour préparer le désormais très proche carrousel, l'événement majeur de l'année scolaire. L'exercice consistait à effectuer une pyramide humaine sur une Harley Davidson, ce qui me parut très excitant. Je me portai volontaire pour me positionner au sommet de l'édifice, compte tenu de mon poids très léger…Un essai eut lieu dans la foulée ; le pilote de la moto surchargée par cinq élèves officiers percuta le mur le plus proche et m'envoya en vol plané sur le macadam avec de multiples fractures…direction l'hôpital militaire où je fus accueilli par la bonne soeur de service s'exclamant: « Encore vous ! Votre chambre est à nouveau prête! »

Faute de disposer du temps nécessaire pour achever ma convalescence, c'est donc le bras droit plâtré que je m'achemine à la fin de notre scolarité vers notre zone opérationnelle dans l'Oranais.

J'avais choisi le deuxième Spahis stationné dans cette zone. Mon régiment prit ses quartiers dans l'oasis de Tiout adossé au cirque majestueux du mont des Ksours et du Djebel Amour, le mal nommé, en bordure du Sahara.

Mon émotion fut grande en découvrant le spectacle grandiose de ces paysages flamboyants. J'allais y vivre quelques-uns des moments les plus intenses de ma vie.

26 octobre 1960, 14 heures

« Le Boulerfahd… ! Un des plus beaux djebels d'Algérie. Le régal des pilotes qui le survolent, lorsque, à l'aube, ses reliefs émergent d'une palette de peintre: des verts, des bleus foncés, des roses, des violets qui peu à peu se fanent, incapables de résister aux assauts torrides du soleil !

C'est là que le commando 6, hélas ! ne va pas tarder à infliger aux troupes françaises un terrible revers.

Le 26 octobre, la 4e compagnie du 8e RIMA s'engage dans ce djebel…Vers 14h, une de ses sections, commandée par un aspirant, progresse sans méfiance vers le sommet. Compte tenu de la présence probable dans ce coin du commando 6, un adversaire redoutable, cette expédition ne relève pas vraiment d'une grande sagesse…

Vers 14h, cette section tombe brutalement sur les rebelles. Nos adversaires qui ont réalisé leur supériorité numérique se jettent sur la section dont plusieurs hommes, parmi lesquels l'aspirant et un sous-officier, sont tués…

Le capitaine qui commande la compagnie est resté, lui, dans la vallée…En apprenant l'accrochage, il appelle tout de même le poste de commandement pour obtenir du secours.

Le commando Jaubert rejoint Bou Semghoun le matin même et se trouve en situation de « première alerte ». Il est aussitôt mis à contribution et bondit dans les hélicoptères de combat qui, toute l'après-midi, héliportent des renforts : Commandos marine, 2e REI et enfin Cobra.

« Pacha de Jaubert, le lieutenant de vaisseau Scheidauer est frappé d'une balle en pleine tête alors qu'il donne un assaut destiné à soulager la section assiégée.

Le lieutenant de vaisseau Farrand le récupère en hélicoptère, sous le feu, dans l'obscurité crépusculaire. En vain. Scheidauer meurt pendant son transport…

Douze Français sont morts…Dans la très grande confusion qui règne du côté français, le commando 6 parvient en effet à décrocher et ses traces se perdent désormais dans les innombrables et sinistres éboulis du Boulerfahd»[5].

Ce récit de l'amiral Heger dans son magnifique ouvrage consacré aux exploits des unités d'hélicoptères de la marine est incomplet. Arrivé 15 jours plus tôt dans cette zone, j'allais être en effet personnellement impliqué dans cette poursuite du Commando 6, comme en témoigne ma première citation:

« Jeune officier dynamique et plein d'allant. Chef de Peloton récemment arrivé en Algérie, vient de se distinguer au cours d'une opération dans le secteur d'Aïn Sefra…Chargé d'établir une embuscade de nuit sur une filière adverse, a, grâce à son dispositif judicieux, réussi à capturer le 29 octobre 1960 le chef de Groupe d'un commando rebelle armé. Dès le lever du jour, se lançant en exploitation de traces à la poursuite du groupe, a réussi, après une progression rapide et difficile, à capturer quatre de ses membres et à récupérer quatre armes de guerre. »

Il appartenait au commando d'élite Cobra, commandé par le lieutenant Gaget, de mettre un point final à cette poursuite acharnée qui avait révélé la valeur exceptionnelle des combattants de chaque camp.

« Ce n'est que le 23 novembre que le lieutenant Gaget reçoit de son second la bonne nouvelle : Cobra 2 à Cobra.

Accrochage commando zonal n° 6// Djebel Messitir en HT 31K7 21 Novembre 15h// bilan pertes Cobra 1 blessé léger. Pertes ennemies : 13 tués, 5 prisonniers…

Scheidauer est bien vengé ».

Sans que j'aie eu la possibilité de le rencontrer, ce jeune officier dont la réputation s'était confirmée mois après mois

---

[5] *Djebel Amour, djebel amer*, Amiral Heger. Presses de la cité, 1998.

dans tout le Sud algérien à la tête du commando Jaubert fait partie de mon panthéon personnel. Je salue sa mémoire.

L'année 1961 commence dans le doute. Elle finira dans le drame.

Dans une correspondance passionnante avec le père d'un camarade de promotion, de surcroît ancien chef de corps de mon régiment, le colonel puis Général Davout d'Auerstaedt, j'eus le privilège de bénéficier des conseils avisés d'un grand ancien.

Dans une lettre datée du 8 avril 1961, le colonel Davout s'exprime avec retenue: « Je suis heureux d'avoir l'avis quelque peu réticent d'ailleurs d'un des jeunes officiers. Sans doute rien n'est parfait et les cœurs enthousiastes et épris d'idéal ne peuvent se contenter d'à peu près. C'est tout à leur honneur. Je ne doute pas d'ailleurs que votre action et celle de vos camarades chefs de Peloton soient capables d'insuffler l'ardeur de votre jeunesse à un corps qui jouit des plus belles traditions, mais qui finit par s'user dans des missions souvent ingrates comme celles de la surveillance du barrage ou dans la monotonie du service journalier.

Sans doute aussi la politique suivie vis-à-vis de l'Algérie n'est- elle pas propre à « gonfler » ceux qui sont chargés de poursuivre le fellagha et d'attacher les populations algériennes à la cause française.

Il est beaucoup demandé à notre armée et l'abnégation de ses cadres est plus nécessaire que jamais. Elle doit cependant porter ses fruits… »

Vendredi 21 avril 1961, en nomadisation avec mon peloton dans le djebel Aïssa je n'ai pas la moindre idée de ce qui est en train de se passer à Alger, tandis que la radio parle d'un putsch perpétré par des unités d'élite de notre armée.

Il me revient alors en mémoire les propos sibyllins du colonel de Sèze le brillant chef de corps du 2 REI[6]* que j'avais rencontré à l'Etat-Major d'Aïn Sefra avant de partir en opération : « Mon cher Lieutenant, votre place est tout à fait ici .Je vous souhaite bonne chasse ». Je devais apprendre par la suite qu'il était à ce moment sur le point de rejoindre les unités engagées dans le putsch, tout en tenant à l'écart les jeunes officiers que nous étions pour ne pas compromettre leur carrière...Rétrospectivement, je lui en veux, tout en lui conservant ma respectueuse admiration.

Le 8 mai 1961, j'écrivais une longue lettre à mon futur beau-père, le Général Baillif, à la suite des événements dramatiques vécus par notre armée:

« Votre lettre du 18 mars dernier m'avait fait prendre conscience du genre d'épreuves qui nous attendaient et pourtant, ma première réaction, à peine raisonnée je l'avoue, a été d'applaudir à une action qui semblait nous libérer brusquement d'un cauchemar, celui de la défaite, des sacrifices inutiles et nous faisait lever la tête joyeusement...C'était tout simplement oublier que le centre de gravité de la question avait été déplacé sur un autre plan, là où les difficultés morales d'une armée ne pèsent pas lourd dans la balance, d'où ce décalage et ce tragique malentendu.

Si cette révolte s'explique ainsi, parce que la solution proposée n'était pas conforme à nos rêves comme vous me le disiez, était-elle pour autant raisonnable et légitime ? C'est ici que le désaccord de nos chefs me plonge dans le désarroi...

Le plus difficile à accepter et à comprendre est surtout cette défaite psychologique malgré une victoire militaire incontestable ! C'est ainsi que le fellagha que nous combattons maintenant fait partie d'une poignée

---

[6] REI : Régiment Etranger d'Infanterie.

d'irréductibles , de hors- la- loi qui ont toujours existé dans notre région. Mais les populations n'en sont pas gagnées pour autant: elles savent que nous partirons et attendent tranquillement notre départ, le considérant comme inéluctable et confirmé par l'attitude du pouvoir civil, lequel ne se gêne pas pour décrier ouvertement l'œuvre de l'armée et faire de la surenchère.

Je conçois qu'il existe des impératifs politiques à longue échéance justifiant certains sacrifices, l'armée est faite pour cela. Mais que l'on se serve d'elle comme repoussoir et bouc émissaire, que l'on désavoue son action aux yeux des populations après l'avoir engagée à fond dans cette affaire…Voilà qui est tout de même dur à avaler !

Au fond le véritable problème doit être là: L'armée a considéré cet engagement comme personnel, prenant en compte toutes les responsabilités civiles et militaires et, compte tenu du vide sidéral des autorités politiques, il fallait bien qu'elle le fît.

Cela se sent surtout aux petits échelons comme le mien : ainsi le petit peuple de 400 âmes qui m'a été confié dans ce village de regroupement est devenu ma « chose » très rapidement parce que j'en étais complètement responsable, au niveau de sa sécurité, de sa vie quotidienne et de son approvisionnement.

Aujourd'hui l'administration préfectorale a repris le dessus et les critiques pleuvent…comme si rien ne s'était passé!

En conclusion, quels que soient les lendemains de cette « crise », pour employer un euphémisme politiquement correct, nous les jeunes officiers de cette génération en resterons à jamais marqués. Notre enthousiasme et notre foi dans l'avenir de notre pays sortirons-ils intacts de cette guerre ? »

47 ans après le 21 avril 1961, je me sens orphelin de ces prestigieux officiers qui ont tout sacrifié pour sauvegarder l'honneur de notre armée.

Hélie de St-Marc raconte dans ses mémoires[7] : «J'eus l'occasion de passer quelques jours à Paris. J'en profitai pour aller voir Pierre Dabezies, chef de Cabinet de Messmer, ministre des Armées…je lui confiai mes inquiétudes.

J'estimais qu'il fallait absolument faire un geste qui rétablisse l'équilibre en Algérie. Aveuglé par les rapports triomphalistes de ses subordonnés, Messmer ne se doutait de rien. Dabezies me confirma qu'il était aux antipodes de ce que nous pouvions entendre dans le moindre cantonnement des unités opérationnelles. Il me promit de parler au ministre sans me laisser de grands espoirs sur le succès de la démarche… » .

J'ai rencontré par la suite Pierre Dabezies en d'autres circonstances et j'ai pu apprécier l'homme d'honneur qu'il n'a jamais cessé d'être. « Aux jeunes générations qui n'ont de cette période qu'un vague écho, distinguant mal entre les dates et les événements, écrit encore Hélie de St-Marc, je voudrais rendre compte ici de ce que fut alors notre sentiment de trahison. J'aimerais qu'ils sachent, avant de juger leurs aînés, par quelles angoisses nous sommes passés. »

Je ne comprendrai jamais cette lâcheté. Je salue votre mémoire, Amrane et Makloufi, mes deux fidèles ordonnances qui mettaient un point d'honneur en opération à assurer ma sécurité, tandis que, blessé, je ne portais aucune arme…

De même votre geste, d'une grande noblesse, de déserter pour protéger vos familles un certain matin en laissant

---

[7] *Les champs de braise*, mémoires avec Laurent Beccaria, Editions Perrin, 1995.

ostensiblement vos armes au râtelier du poste pour ne pas avoir à les retourner contre moi comme l'exigeait le FLN. Ma reconnaissance envers vous est infinie, ma tristesse est grande de n'avoir rien pu faire pour sauver ce qui pouvait l'être.

Cette dernière période d'attente avant que notre régiment soit rapatrié en France pour y être dissous est une des plus douloureuses que j'aie pu vivre.

Après avoir quitté, sur ordre du commandement, le poste que j'occupais avec mon peloton pour occuper une nouvelle position plus près de la mer, j'étais censé accueillir tous les harkis qui se présenteraient pour être évacués en France, mais nombre d'entre eux refusaient de partir sans leur famille.

Transgressant les ordres de ma hiérarchie, j'organisai à leur intention les opérations de récupération nocturne de ces familles avec mon sous-officier adjoint, seul dans le secret…Après une reconnaissance aérienne préalable du lieu de rendez-vous menée grâce à la complicité de camarades de l'escadrille de l'Aviation légère de l'Armée de Terre basée à Tlemcen, une serviette blanche déployée sur un rocher devait confirmer que l'opération de récupération pourrait avoir lieu la nuit suivante…Quelques familles furent ainsi sauvées d'une mort certaine, mais ce fut une goutte d'eau dans cet océan de haine et de représailles sanglantes perpétrées par le nouveau régime algérien.

L'hiver 1962 mettra un point final à toutes nos illusions: à 26 ans, le jeune Lieutenant que j'étais était muté à l'Ecole de cavalerie de Saumur comme instructeur, après avoir demandé une affectation au 2e REP[8] toujours opérationnel dans d'autres parties du monde. Comme tous ceux de notre génération, nous allions être confrontés à la médiocrité

---

[8] REP : Régiment Etranger de Parachutistes.

ambiante, aux corporatismes et aux incertitudes politiques qui marqueront cette après-guerre qui ne trouvait pas d'autre nom. Une autre étape de ma vie allait s'engager.

La décennie qui s'annonce sera fertile en événements: instructeur à Saumur en 1962, je suis le cours des capitaines en 1965 et suis major de ma promotion, puis je suis envoyé en stage à l'Ecole d'Etat-Major à Paris en 1966.

A cette occasion, je me lie d'amitié avec le capitaine Ben Choam de l'armée d'Israël qui trouvera une mort héroïque à la tête de ses blindés sur le plateau du Golan, en 1967.

Conformément au "plan avenir" que je m'étais fixé (rien moins que cela !), j'annonçai tout à trac à mes proches: "Je veux être un homme d'Etat. J'en ai certaines qualités : énergie, fermeté, force d'âme, mais il m'en manque beaucoup d'autres. Et rien ne me facilitera la tâche: je n'ai ni fortune, ni relations. Comment y accéder ? Je ne veux pas être un politicien ni m'inféoder à un parti. Il me faut choisir l'Armée pour me former en silence puis étendre mon influence progressivement à l'extérieur de celle-ci en ne négligeant aucune possibilité de formation universitaire parallèle.

C'est dans cet état d'esprit que je serai admis à Sciences-Po de Paris dans la promotion 1967-69 avec, en prime, une expérience unique des avatars de la société française en mai 1968 qui me laisseront quelque peu perplexe! Bien évidemment, je me sentais à des années-lumières de cette agitation folklorique à mes yeux et que de bons esprits qualifieront de révolution culturelle quelques années plus tard.

La prochaine étape sera la réussite au pré-concours de l'ENA qui me permettra d'avoir une nouvelle approche de la haute fonction administrative de l'Etat sans réussir à me convaincre d'adhérer au standard prôné par cette Ecole. Après une année de préparation intensive au « grand » concours et malgré une préparation effectuée sous les meilleurs auspices, je prends la décision de renoncer à passer ce concours et sollicite de ma hiérarchie militaire, qui n'attendait que cela, l'honneur de commander un escadron de chars en Allemagne.

Je devais donc rejoindre le 6ème régiment de Dragons, dénommé sous l'Ancien Régime les« Dragons de la Reine », pour y prendre le commandement du 2e escadron. Ce nouvel épisode de ma carrière n'était pas sans me déplaire : notre garnison nichée au pied de la Forêt noire bénéficiait du climat exceptionnel de la vallée du Rhin et de l'accueil chaleureux de nos amis allemands. J'aurai ainsi l'occasion de rencontrer nombre d'anciens pilotes de la Luftwaffe qui s'appliqueront à me faire obtenir le brevet de pilote de planeurs, dignement célébré à leur club auquel j'appartenais désormais, avec force bières et vins du Rhin.

Ayant achevé mon temps de commandement en Allemagne, d'autres aventures m'attendaient... à Paris!

III - Les chemins de traverse

1. L'armée ne me suffit pas

"Lequel est l'homme du matin
et lequel celui des ténèbres?", René Char.

Lundi, ORTF, 1er novembre 1974, 20h.30..."A vous de jouer Milord"...annoncent, depuis le 4 novembre, les programmes de télévision. Deux épisodes de cette série, qui en comporte six, ont déjà été programmés sur les écrans.

Dans un mensuel du SIRPA[9] de l'époque, on lit ceci :" L'acte de naissance de cette aventure fut signé en mars 1972 quand le Général Chef d'Etat Major de l'Armée de Terre, le Général de Boissieu, décida d'utiliser le support d'un

[9] SIRPA: Service d'Information et de relations publiques de l'armée de terre.

feuilleton télévisé pour montrer le visage moderne et dynamique de l'Armée de Terre. Le synopsis, rédigé par le chef d'Escadron Jacques Rigault, fut confié à la société Pathé-Cinéma qui, en coproduction avec l'ORTF, donna vie au projet: scénario et dialogues de Jacques Robert, réalisation de Christian-Jaque, l'affaire était bien partie. Le tournage s'est déroulé de septembre 1973 à juin 1974, riche en péripéties diverses et mettant à contribution de nombreuses unités de l'Armée de Terre." Le mensuel du Service d'information de l'Armée ajoutait, en citant Jacques Robert: " Les romanciers qui sont toujours en quête de héros oublient trop souvent que les héros se trouvent tout naturellement dans l'armée...Aussi, lorsque le Sirpa nous demanda, à Jacques Rigault et à moi-même, de concevoir pour l'ORTF un James Bond à la française, Milord nous vint-il spontanément à l'esprit, et tout de suite nous connûmes son passé: il avait fait ses études à Saint-Cyr et avait servi dans les armées de la République avec ce courage tranquille de nos capitaines qui, depuis Valmy, étonne le monde". Avec le recul du temps, cet épisode de ma vie n'aura eu qu'une incidence mineure sur mon devenir, mais j'en garde le souvenir d'une aventure amusante et humainement riche.

Juste après, j'entrai dans une zone de turbulence familiale et professionnelle qui devait mettre un terme définitif à nombre de mes illusions.

Ayant franchi toutes les étapes du cycle d'enseignement supérieur auquel j'avais été admis (Sciences Po promotion 1967-1969 et Maîtrise de Droit à l'Université d'Assas), il était temps d'aborder la dernière étape et de rejoindre l'Ecole Supérieure de Guerre. Ce fut chose faite en 1975, après que je fus reçu, au vu de mes diplômes, au cycle de l'Enseignement Militaire Scientifique et Technique (EMSST). Le voyage d'études de ma promotion se déroula en Iran à la fin du printemps 1975, soit très peu de temps avant le renversement du Shah, en 1979, et l'arrivée au pouvoir des

Ayatollahs. Ce bouillonnement politique était à peine perceptible à l'époque. Sans prendre conscience du séisme qui se préparait et allait engloutir une civilisation plus que millénaire, la quarantaine de jeunes officiers que nous étions nous adonnions, avec notre encadrement, à un tourisme culturel tout à fait agréable.

Fin 1975, ma nouvelle affectation à l'Etat-Major de la Région Militaire de Saint-Germain-en-Laye ne m'enthousiasma guère, loin s'en faut ...Par bonheur, une affectation à Genève au sein de la Délégation Française à une conférence de l'ONU sur le Droit Humanitaire m'évita de persévérer dans l'évaluation financière du parc des tondeuses à gazon de la Première Région Militaire !

J'avais été désigné pour représenter la France à ce processus de négociation qui, durant les années 1976 et 1977, visait l'interdiction de certaines armes classiques (!). La Conférence était un prolongement de la « Conférence diplomatique sur la réaffirmation et le développement du Droit International humanitaire applicable dans les conflits armés ». Les débats avaient porté sur certaines armes, telles que le napalm, les pièges, les mines terrestres et les bombes à billes, en relation avec les guerres d'Indochine et du Proche-Orient, sans aboutir à l'élaboration de textes précis. Le seul intérêt de tout ceci, pour moi, sera de fréquenter des personnalités de haut niveau, experts militaires et ambassadeurs parmi lesquels l'Ambassadeur d'Egypte Boutros-Ghali, frère du futur Secrétaire Général de l'ONU, et l'Ambassadeur de Suède, Hans Blix, qui fera parler de lui plus tard lorsqu'il s'opposera à l'intervention des Etats-Unis en Irak. Dans les coulisses de la négociation, j'ai beaucoup appris sur les subtilités du langage diplomatique, ce qui me fut utile plus tard.

2. Un premier pas dans l'arène politique

Peu soucieux de m'enterrer dans une perspective aussi peu engageante du métier militaire, je sollicitai de ma hiérarchie une mise en disponibilité temporaire. J'étais depuis toujours attiré par l'action et l'engagement politique. Ma formation universitaire et mon diplôme de Sciences Politiques m'y prédisposaient.

Cette demande fut acceptée. J'eus ainsi le privilège de me familiariser avec les rouages d'un parti politique alors en pleine constitution – le Rassemblement Pour la République – et d'approcher des personnalités de premier plan, grâce à la bienveillance de son Secrétaire Général, Jérôme Monod.

Sur recommandation d'un ami commun, je suis reçu par Jérôme Monod, en septembre 1977 au siège du RPR, alors situé dans la Tour Montparnasse.

Le personnage me fait une très grande impression: se tenant très droit, le regard perçant et l'esprit d'une agilité évidente, il est à l'évidence très occupé, mais se montre disponible et attentif à mon projet de stage. Sans fioriture, il m'invite à reprendre contact après le déménagement du RPR prévu fin septembre pour organiser ma mission au sein de son cabinet. Ces quelques mois d'immersion dans la micro-société que représente un parti politique me permettront de mieux appréhender les réalités de la vie politique, ses contraintes et ses limites. A cet égard, la période que j'étais en train de vivre constituait un terrain d'observation privilégié : la campagne des législatives de 1978 fut un bel exemple d'organisation, avec une série quasi ininterrompue de réunions publiques à Paris comme en province. Fabrication de matériel de propagande, impression de brochures et d'affiches, préparation d'argumentaires...la machine RPR tournait à plein régime. Mon rôle fut alors modeste, mais intéressant, en tant que responsable du bon fonctionnement des imprimeries de la région parisienne, tournant elles aussi à une cadence infernale. Ceci me valut quelques nuits blanches et parfois des remontrances injustifiées de certains cadres, en cas de retard de livraison...

C'est à cette époque que je fis la connaissance de Jacques Chirac. Alors candidat à la Mairie de Paris, ce jeune chef dynamique et prometteur d'une équipe renouvelée et extrêmement motivée partait à l'assaut des élections législatives. J'avais la chance d'assister aux réunions stratégiques de l'Etat-Major, chaque jour en fin de journée autour de Marie-France Garaud, Pierre juillet, Jérôme Monod et Anne-Marie Dupuy. J'assistais, discret, sans jouer de rôle particulier, à ces échanges informels et décisifs pour la suite de la campagne. J'étais vivement impressionné par la forte personnalité de Mme Garaud et par la force de persuasion que dégageait le couple Juillet-Garaud, y compris sur le futur Président de la République française.

Après les élections législatives de 1978, mon contrat ayant pris fin et n'ayant finalement aucune intention de démissionner de l'armée au terme de cette courte expérience, je rejoignis une affection militaire plus conforme au déroulement de ma carrière. Le départ de Jérôme Monod du RPR en mars 1978 m'y encouragea. Au grand regret de ma très orthodoxe direction d'Arme, celle de l'arme blindée et de la cavalerie, je déclinai poliment l'offre qui m'était faite de prendre le commandement en second d'un régiment de blindés à Olivet. Je préférai rejoindre le cabinet d'Alexandre de Marenches, directeur du SDECE, pour prendre le poste qui m'y était proposé dans la branche du renseignement économique, en plein essor à l'époque, par l'intermédiaire de Michel Roussin, ancien camarade de promotion de l'Ecole de Guerre qui avait rejoint le Corps Préfectoral. Une nouvelle aventure commençait. Elle allait être des plus exaltantes.

3. Un service un peu particulier

Avant l'arrivée d'Alexandre de Marenches à la tête du SDECE vers la fin de 1970, ce service était chargé de la recherche du Renseignement (sauf en France) sur les plans politique, militaire, financier, psychologique et technique...Le renseignement brut était alors interprété et exploité par d'autres instances comme le Secrétariat de la Défense Nationale dépendant du Premier ministre. Le nouveau Directeur Général du SDECE obtint du Président de la République de modifier ce fonctionnement. Le Service traiterait désormais directement l'information avant sa diffusion habituelle et aurait accès direct au chef de l' Etat. Cette simplification des procédures se révéla à l'usage d'une redoutable efficacité tant que le Président Pompidou et son Directeur nourrissaient des relations de confiance. Ce ne fut pas toujours le cas avec les Présidents qui allaient suivre, notamment le Président Giscard d' Estaing qui ne comprit jamais le rôle utile que pouvait avoir un tel service et nourrissait à l' endroit du SDECE une méfiance doublée d'ignorance, largement alimentée par son ministre Michel Poniatowski...

A cette époque, le SDECE comprenait des services de gestion administrative et financière et des services de recherche. En outre, le service de sécurité, les communications, le service de contre-espionnage et le Service Action complétaient cette organisation complexe dont la seule vocation était le Service de l'Etat. Dix ans plus tard, au moment de mon affectation, ce schéma d'organisation avait peu évolué si ce n'est en marquant un net renforcement de la branche économique devenue au fil des ans une priorité en matière de recherche. En me présentant à la lourde porte de la caserne des Tourelles fin 1978 pour prendre mes nouvelles fonctions au SDECE, j'avais hâte de faire partie de ce "club" très fermé que constituait le monde du Renseignement.

En réalité je dus tempérer mon enthousiasme de néophyte: La procédure d'accueil prévoyait à juste titre une présentation très complète des activités de Renseignement dans chacune des branches et notamment une initiation aux techniques de sécurité. Une série de prise de contacts avec nos correspondants à l'étranger s'ensuivit, notamment à

Londres et à Beyrouth. Je fus alors jugé apte à être présenté au Directeur Général, épreuve ultime au terme d'un parcours initiatique qui n'était finalement pas sans me déplaire...

A cette époque, Alexandre de Marenches, surnommé « Porthos », était déjà une légende.

J'ai toujours été impressionné par ce géant qui n'avait rien de débonnaire, mais qui savait se mettre à la portée de tous ses collaborateurs, en parfait aristocrate. Je me souviens de ma convocation par le Directeur Général ce matin-là. Le hasard de son calendrier me fait croiser l'éminent visiteur qu'il raccompagne à la porte de son bureau: Henry Kissinger. En quelques mots, Alexandre de Marenches, qui ne me connaît pas encore personnellement, me présente à son auguste interlocuteur, lequel me félicite chaleureusement pour l'efficacité de notre action...Sidéré par cette familiarité avec les « grands de ce monde », je repartis sur un petit nuage...avant de retrouver le Directeur pour l'un de ses déjeuners réguliers avec Hélène Carrère d'Encausse, personnalité exceptionnelle dont il appréciait la finesse d'analyse et la connaissance approfondie de la Russie. Je garde aussi le souvenir des dîners aux chandelles que donnaient chaque année M. et Mme de Marenches pour leurs proches collaborateurs, à la maison de la chasse. Tenue parfaite exigée – ce qui m'a parfois donné quelques soucis compte tenu de ma situation financière d'alors – pour des soirées d'un grand raffinement pendant lesquelles j'écoutais religieusement les discours de M. de Marenches d'où la politique et le travail quotidien étaient exclus.

Dans la panoplie des moyens mis à la disposition d'un Service de Renseignement, le Service Action représente le bras armé des plus hautes autorités de l'Etat. Pour reprendre une des expressions favorites d'Alexandre de Marenches, « le service Action se situe à mi-chemin entre l'envoi d'une note diplomatique et celle d'un corps expéditionnaire ! »[10] et continuant sur le même registre: « A un moment donné, la diplomatie ne peut plus utiliser ses cartes. Sans aller jusqu'à la guerre, on doit avoir la possibilité d'effectuer un certain nombre d'opérations à l'étranger, soit pour secourir les citoyens du pays en danger, par exemple, soit pour exécuter une action « chirurgicale effectuée de nuit… »

« Les militaires qui composent ce corps spécial sont des combattants d'élite, rompus à toutes les techniques, depuis les « chuteurs opérationnels » , jusqu'aux experts en démolition, en passant par les spécialistes des arts martiaux, les nageurs de combat, capables d'opérer en civil ,voire déguisés en étrangers ! » écrit encore Christine Ockrent.

Il va sans dire que ma fascination déjà ancienne pour une telle unité d'élite renforça ma détermination d'en faire partie ! Ma première affectation au sein de la Direction du Renseignement, puis au Cabinet du Directeur Général, m'avait permis de découvrir un univers passionnant et formateur, mais elle me laissait sur ma faim d'action. Je décidai donc, avec l'accord de la Direction Générale, de solliciter un entretien avec le « Patron du Service Action », le Colonel de Marolles.

Alain de Marolles était un être d'exception, apprécié de tous ses collaborateurs. Après une carrière brillante dans le Renseignement durant la guerre d'Indochine, il fut chargé des opérations secrètes au sein du 11e Choc, alors le fer de lance du Service Action en Algérie.

Après une brève affectation parisienne, il prendra le commandement du nouveau Service Action qu'il engagera dans des opérations très sensibles avec une redoutable efficacité. C'est donc avec une certaine appréhension que je

---

[10] *Dans le secret des princes*, Christine Ockrent, Stock, 1986.

me présentai à son bureau pour cet entretien tant souhaité: la suite de ma carrière devait en dépendre…Ce premier contact se déroula dans des conditions qui dépassaient mes espérances : le colonel me proposa de me confier un poste dans son Etat-Major permettant de me familiariser avec l'organisation et le suivi des opérations en cours. J'acceptai avec une joie non dissimulée, mais conscient de l'ampleur des efforts à accomplir pour être à la hauteur de ma mission! Ce contact devait être suivi de beaucoup d'autres par la suite, tous plus passionnants les uns que les autres.

La première opération à laquelle il m'a été donné de participer après mon affectation au Service Action devait être un modèle du genre, tel que les écoles de guerre spéciale devraient l'enseigner ! Il s'agissait alors de contrer la menace exercée par la Libye sur la Centrafrique. La France disposait de renseignements précis « qui prouvaient dans les deux cas les visées libyennes et soviétiques, ce qui justifiait l'intervention de la France. C'est ainsi que le 20 septembre 1979 fut déclenchée l'opération Barracuda, en réalité dénommée entre nous « Caban »[11], qui mit fin au règne de Bokassa et permit l'installation au pouvoir de David Dacko, alors exilé politique en France.

L'opération avait été préparée dans le moindre détail au fort de Noisy. La France attendait que la situation soit favorable pour la déclencher. L'information que Bokassa venait de quitter son pays pour la Libye fut le déclencheur. Deux agents débarquèrent la veille, pour reconnaître les points stratégiques de communication. Je fis partie des deux avions qui se posèrent le lendemain, tous feux éteints, sur l'aéroport de Bangui, transportant notamment dans nos bagages un futur leader pour le pays et des articles destinés à expliquer les événements à la population. La maîtrise de la tour de contrôle et de la radio nationale fut opérée rapidement et sans résistance. En compagnie d'un autre

[11] Id.

officier, je fus chargé de visiter les palais, notamment celui de Bérango où nous ne trouvâmes qu'un jardinier prompt à nous servir de guide et quelques bagages et cantines métalliques enfermant des armes.

D'autres missions et opérations se succédèrent notamment en Afrique, avec succès. Nommé chef d'Etat-Major et Commandant en second du Service Action, j'aurai l'occasion de mettre en œuvre les enseignements d'Alain de Marolles. Mais celui-ci, nommé Général depuis peu, devait quitter le Service pour s'engager dans une carrière de consultant international jusqu'à son décès en 2000.

4. Retour à la vie civile

En mai 1981, je choisis de démissionner pour raisons personnelles. Ne souhaitant pas servir sous le gouvernement nouvellement élu, je désirais bénéficier de la Loi 73/2 permettant aux officiers de faire acte de candidature à la fonction publique civile.

A ce titre, je fis ma demande pour rejoindre la Cour des Comptes et obtins …le Quai d'Orsay, ce que je ne voulais à aucun prix ! Aussi, j'acceptai la proposition de la société Fougerolle de m'engager comme cadre supérieur affecté au Nigeria où le projet de construction de deux barrages sur le Niger se présentait comme un nouveau défi passionnant.

Gratifié du titre d'Assistant Project Manager, soit adjoint du Directeur de Projet, j'héritais de la mission de gérer les relations humaines propres à la vie en communauté de trois mille cadres et ouvriers de multiples nationalités : Français, Canadiens, Japonais et Nigérians. Il y avait, comme avec les Japonais, l'obstacle de la langue car peu comprenaient le français. Les opérations de paye étaient l'occasion de pugilats mémorables, voire de défenestrations et, si le mécontentement habilement manipulé par un syndicat unique tout-puissant devenait incontrôlable, il fallait s'en remettre alors à une intervention policière plutôt flegmatique…

Il m'appartenait alors de négocier avec le syndicat, dans un lieu discret, une augmentation de salaire pacificatrice qui nous permettrait de continuer à faire avancer ce gigantesque chantier ...jusqu'à la prochaine paye !!!

A la fin du printemps 1982, une sorte de fièvre pernicieuse inconnue de nos médecins sur place nécessita mon rapatriement sanitaire en France. A mon grand regret, je dus cesser toute activité au Nigeria et suivre un traitement adapté.

Mon état de santé s'étant considérablement amélioré, je fus contacté dans les derniers mois de 1982 par un ami qui, connaissant mon souhait d'exercer une activité professionnelle en France, me proposa de me présenter au Président du Conseil Général du Lot-et-Garonne et ancien ministre des Affaires étrangères, Jean-François Poncet. La décentralisation se mettait en place dans tous les départements et le ministre me proposait le poste de Directeur de son Cabinet en cours de constitution. Malgré mon manque d'expérience des arcanes de la politique locale, j'acceptai ce nouveau défi, conscient de la fragilité de ma position, immergé dans un milieu dominé par la stature et les méthodes sans faiblesse de ce Président admiré et craint. J'étais notamment chargé des relations avec la Presse et les journalistes m'accueillirent avec l'intérêt et la sympathie accordés au gladiateur entrant dans l'arène !!! J'étais sans illusion sur le succès de ma mission. Quelques mois plus tard, je dus admettre que toute collaboration avec un tel Président relevait des coulisses de l'exploit ! Affecté par cet échec programmé, je décidai, à l'instar de la décision prise par deux de mes collaborateurs administratifs, de lui remettre ma démission.

5. Saga Africa

Après cet épisode révélateur d'une certaine pratique politique locale, je décidai de retourner en Afrique et acceptai une offre d'emploi au Gabon comme Directeur du

Personnel de la Comuf, Compagnie des mines d'uranium de Mounana, société qui exploitait ce gisement à l'intérieur des terres. Le responsable de l'exploitation, M. Basset, un ancien officier parachutiste portait haut et fort ses liens avec les tenants de l'Algérie française dont certains occupaient des postes importants au sein de l'entreprise. Mais l'essentiel du personnel non cadre de l'entreprise était gabonais. Ma fréquentation amicale de l'Ambassadeur de France récemment nommé par la Gauche au pouvoir fut mal interprétée : Pierre Dabezies, malgré ses nouvelles attaches, était mon ami depuis longtemps et ses options politiques ne me concernaient pas.

Pendant quatre ans, je m'efforçai de dissiper les malentendus, mais mes relations avec ma hiérarchie étaient devenues mauvaises et je dus partir. Mon départ coïncida d'ailleurs avec une évolution positive souhaitée par le gouvernement gabonais qui souhaitait que l'encadrement de l'entreprise soit assuré par des professionnels locaux. La disparition de M. Basset dans les années 90, après la transformation de la Société et son rachat par la Cogema devenue Areva mit un point final à ce chapitre mouvementé. La clôture définitive de l'exploitation de Mounana intervint en 1999, marquant ainsi la fin programmée d'une époque.

« Ces Messieurs Afrique… »[12]

« En Afrique, il est des aventures qu'on n'oublie pas, écrivent les deux auteurs de *Ces Messieurs Afrique*. Cet ouvrage reprend in extenso le texte du prologue du livre écrit avec Elisabeth Sandor, ma future épouse :

« Dans un livre sur « Le Démantèlement de l'Apartheid », l'ancien Chef d'Etat- Major du Service Action de la DGSE, le Colonel parachutiste Jacques Rigault raconte: Mardi 15 Mars 1988…16h15. La montagne de la Table grandit sur

[12] *Ces Messieurs Afrique*, Stephen Smith et Antoine Glaser, Calmann-Lévy, 1992.

l'horizon étincelant, droit dans l'axe du cockpit…Sur ses flancs, les maisons immaculées du Cap serrées les unes contre les autres, comme blotties face à l'Océan…

Dans les turbulences de l'air surchauffé, le C130 du 28e Squadron perd de l'altitude et amorce un net virage au-dessus des faubourgs de la ville avant d'atterrir en douceur sur la base aérienne de Ysterplaats. Il est aussitôt dirigé vers le tarmac ou quelques dizaines de personnes sont rassemblées.

La dernière hélice immobilisée, la rampe de l'Hercule s'abaisse, livrant passage au groupe de soldats en tenue de parade qui attendaient, impeccablement alignés quelques mètres plus loin. Quelques instants plus tard, ces derniers en ressortent, portant les deux cercueils abrités dans les flancs de l'appareil: ils se dirigent lentement vers le groupe d'hommes et de femmes qui les attendent dans un silence impressionnant. A quelques pas, sur le côté, un peloton en armes rend les honneurs.

Parmi les officiels en uniforme et les parents des victimes, un homme se souvient : grand, figé au garde-à-vous dans son uniforme de parachutiste, le major Du Toit. Les auteurs accueillent sur leur terre natale les restes de deux de ses hommes tués à ses côtés trois ans plus tôt à Cabinda, au nord de l'Angola, le Sergent Van Breda et le Caporal Liebenberg.

La presse sud-africaine commentera bien sobrement l'événement, se contentant de mentionner la brève cérémonie en guise d'oraison funèbre…La veille pourtant, quelques lignes dans une dépêche de l'AFP à Paris avaient annoncé que « quelques heures après les entretiens américano-sud-africains de Genève sur la recherche d'un règlement en Afrique Australe, l'Afrique du Sud et l'Angola allaient échanger mardi matin à Luanda douze prisonniers angolais contre les dépouilles de deux militaires sud-africains tués en Angola et que , pour faciliter cet échange, un représentant français en serait le « témoin silencieux !!! Cet échange eut lieu comme convenu. Malgré quelques émotions de dernière minute, je m'appliquai à jouer ce rôle quelque peu surréaliste: après avoir chargé les deux cercueils en soute , notre équipage sud-africain parqué en bout de piste se tenait prêt à redécoller en urgence à la moindre alerte ; par ailleurs, il refusait de sortir de l'appareil pour négocier avec une tour de contrôle nerveuse le paiement de la taxe d'aéroport …en dollars que personne n'avait !!! le tout dans un vacarme de Migs angolais cherchant à nous impressionner…

En fait, grâce aux efforts de la France, l'opération Condor commencée quelques heures plus tôt sur l'aéroport de Luanda venait d'atteindre ses objectifs : tester à travers ce geste humanitaire la réelle volonté des belligérants d'engager enfin le dialogue. En bon agent de renseignements, Jacques Rigault voulait appeler son livre *Sur les sentiers de l'Indaba, la grande palabre africaine*. C'était bien vu ».

6. Un combat inégal

« Ce dont on ne peut parler, il faut le taire ! »,
Ludwig Wittgenstein

De retour en France en 1988, j'observai avec intérêt la campagne présidentielle de Jacques Chirac dont l'organisation manquait manifestement de professionnalisme. L'échec de cette nouvelle tentative conduisit le Président du RPR à remanier l'organisation du mouvement. La nomination d'Alain Juppé au poste de Secrétaire Général me parut de bon augure, ayant pu apprécier quelques années auparavant ses réelles qualités humaines et son expérience de la vie politique.

Mon camarade de l'Ecole de Guerre Michel Roussin, devenu Directeur de Cabinet de Jacques Chirac à la Mairie de Paris, m'encouragea, connaissant ma complète disponibilité, à aider Alain Juppé à reconstruire le RPR, au bord de l'implosion après l'échec des Présidentielles et l'offensive mort-née des Rénovateurs dirigés par Philippe Séguin ...

Après un bref entretien avec Alain Juppé, suivi par une conversation plus précise avec son Directeur de Cabinet au siège du mouvement rue de Lille, je fus nommé Directeur Administratif et Financier, pour le meilleur et pour le pire !

Ce retour au RPR fut une épreuve douloureuse, à une exception près et de taille, comme nous le verrons plus loin.

Je suis arrivé pour prendre mes fonctions fin septembre 1988. Ce jour- là, il faisait un beau temps d'arrière-saison. J'étais plein d'allant, convaincu de pouvoir faire oeuvre utile, en m'appuyant sur mon expérience passée des hommes avec lesquels j'allais de nouveau travailler et sur mon expérience plus récemment développée dans le secteur privé.

Lorsque je suis arrivé au cinquième étage - l'étage alloué à la direction -, j'ai pris possession d'un bureau vaste et austère qui allait devenir le mien pendant trois années. Je découvris également le personnel qui m'était affecté pour m'aider dans ma mission: une secrétaire toute dévouée, Mme Jacqueline Marson, posée, discrète et professionnelle, et Louise-Yvonne Casetta, une adjointe qui avait été choisie par Michel Roussin qui plaçait en elle une entière confiance. Cette Bretonne au style direct me plut au premier abord et j'eus l'impression que je pouvais en effet assez largement me reposer sur elle dans l'exécution des tâches quotidiennes et parfois fastidieuses.

Ma mission, confiée par Alain Juppé, était claire : remettre de l'ordre dans la maison et préparer l'appareil aux prochaines campagnes en le modernisant et en le rendant plus fonctionnel.

Assez rapidement, je perçus que l'organisation verticale, voire rigide de l'organisation, cloisonnée entre ses six étages, pesait sur son efficacité comme sur le moral des militants et employés. J'avais aussi quelque mal à comprendre qui était ce personnel, tantôt militant et bénévole, tantôt salarié, et pour ces derniers à comprendre comment cela fonctionnait.

En réalité, le mouvement traversait une époque de transition, passant d'un mode de fonctionnement artisanal, fondé sur la bonne volonté de militants parfois âgés - certains ayant même eu l'occasion de rencontrer « le Général » - à un fonctionnement plus « professionnel », dirigé par un encadrement plus bureaucratique constitué essentiellement de hauts fonctionnaires tout juste sortis de l'ENA, ayant avec la politique un rapport distancié, assez peu passionnel, parfois carriériste. Je repense à Michel Crocq, ce petit homme discret dont la vie entière était vouée au parti, homme à tout faire, toujours prompt à rendre service et à vous raconter, un sourire entendu aux lèvres, ses rencontres avec « le Général ». Il m'avait fallu déployer des trésors de diplomatie pour qu'il acceptât d'enlever ses archives personnelles entreposées au fond de la cour depuis des années! ...Le mouvement et les grandes réunions du RPR fonctionnaient encore avec ces militants gaullistes de la première heure, souvent issus de milieux modestes, attachés aux valeurs républicaines et nostalgiques des grandes années du gaullisme, que l'arrivée de nouveaux cadres jeunes, fiers et conquérants venait bousculer. Je me voyais parfois à la charnière de ces deux mondes, plein de sympathie et proche humainement de ce monde ancien de serviteurs désintéressés, mais également convaincu que les luttes politiques du jour appelaient un renouveau, une modernisation et une professionnalisation du mouvement.

J'obtins un rendez-vous avec Alain Juppé pour lui présenter mon projet. Il me renvoya sur son proche collaborateur et directeur de cabinet, Yves Cabana, fils de Camille Cabana, ancien ministre et pilier du RPR à la Ville de Paris. Je dois dire que, dès le début, mes relations avec Yves Cabana prirent un caractère formel. Ce jeune énarque n'était pas du style expansif ; il semblait connaître son rôle et sa mission et vouloir exploiter toutes les marges de pouvoir que son titre officiel lui conférait, toutes et même plus car, assez vite, quelques incidents se produisirent qui me firent comprendre que mes plans de réorganisation et de décloisonnement, communiqués et rendus populaires auprès du personnel à travers une série de réunions d'information, lui déplaisaient. Sans doute y a-t-il vu un danger, lui qui privilégiait une communication à l'ancienne, hiérarchique et formelle... ?

Mes occasions de parler en tête-à-tête avec Alain Juppé se faisaient de plus en plus rares. « Débordé », il préférait me renvoyer sur son équipe dirigée par Yves Cabana, considérant probablement que la logistique et l'intendance n'étaient pas de son niveau et qu'en tout état de cause elles devaient suivre...

Les projets de réorganisation du RPR avançaient cependant. Il fut possible d'organiser quelques journées ou soirées-débats animées par des parlementaires dans le cadre du nouvel espace d'accueil, imaginé et réalisé par un jeune architecte talentueux, Michel Londinsky, que m'avait présenté Mme Casetta.

Je pense avec le recul du temps que le management du RPR n'a pas compris la dimension et la popularité de ce projet. Je fus effondré lorsqu'un jour Alain Juppé me demanda si, pour faire face aux besoins de recrutement en personnels supplémentaires, il était possible de transformer les nouvelles installations de la rue de Lille – ce que le personnel qui y avait pris ses habitudes appelait désormais familièrement la « bulle » - en bureaux. Je dois l'avouer : en dépit du respect que je portais et continue de porter à Alain Juppé, cette demande me laissa sans voix !

Et puis il y eut le reste, ce reste dont je devinai progressivement des bribes sans pour autant tenir tous les fils. Lorsque je suis arrivé au RPR, c'était avec l'idée d'essayer de transformer le parti en une véritable petite entreprise, en revenant à des règles de gestion tout à fait compatibles avec la spécificité de son objet, la conquête du pouvoir. Les nouvelles règles en matière de financement des partis politiques étaient encore seulement en gestation et bien peu de responsables s'en préoccupaient ! Le système folklorique qui avait existé une dizaine d'années auparavant n'était plus de mise: finis les défilés pittoresques des personnels dans le bureau du trésorier pour percevoir leurs émoluments en espèces extraits d'une valise remplie par on ne sait quel généreux donateur!

Je pense avoir réussi à initier une certaine discipline, notamment en veillant à la mise en place d'un budget analytique qui assurait une plus grande cohérence et une meilleure transparence dans la gestion du personnel. Mais force est de reconnaître que, n'étant pas responsable du financement du parti, je n'étais pas concerné par ses errements éventuels. J'ai dû m'en expliquer plus tard devant la justice, bien après mon départ du RPR.

Mais avant d'aborder ce chapitre, je voudrais relater une aventure d'une tout autre nature que mon second passage au RPR m'a donné de vivre. Et celle-là s'est avérée bien plus heureuse.

C'était un soir de novembre 1989. Le service de documentation du RPR, situé au 6ème étage, venait de recruter une jeune diplômée de Sciences Politiques pour appuyer le travail imposant – que je soutenais également – de classement électronique de toutes les archives du RPR depuis la naissance du mouvement. Comme je le faisais généralement, j'avais proposé de recevoir la nouvelle recrue pour l'accueillir officiellement dans la maison. Lorsqu'elle franchit la porte, au terme d'une journée de novembre 1989 dont je garde le souvenir qu'elle était plutôt chargée, je regardai avec curiosité ce petit bout de femme qui entrait avec assurance…et qui n'allait pas ressortir de ma vie.

Arrivé au RPR, je continuais de me tenir au courant des événements en Afrique et l'idée de raconter mes aventures australes me travaillait.

Tout de suite impressionné par cette nouvelle recrue, je lui fis part assez rapidement de mon projet d'écriture. Ce projet requérait l'aide d'une personne sachant écrire et intéressée par l'histoire contemporaine, ce qui était son cas. Elle était partante. Je fus ravi, même si ses premiers commentaires faisant allusion à des relations aux Etats-Unis proches des mouvements anti-apartheid et en faveur de l'Affirmative action me paraissaient quelque peu décalés par rapport à ma propre expérience. *Cry Freedom*[13] lui avait ouvert les yeux sur l'Afrique du Sud. J'avais approché ce pays autrement, par l'intermédiaire des services secrets et des jeux troubles de la guerre froide… !

Ni l'un ni l'autre n'avions l'expérience de l'écriture d'un ouvrage destiné à la publication. Je pris les devants et me lançai à corps perdu dans la définition d'un plan détaillé. S'engagea alors un long processus d'écriture, d'échange et de discussions sur la base de nos contributions respectives…Cela dura plus d'un an. Je travaillais très tard dans la nuit et j'étais totalement motivé par l'idée de la revoir le lendemain pour avancer dans ce projet commun. Aujourd'hui encore, je conserve pieusement le doux souvenir de ces fins de journées au parfum de l'Amsterdamer que je fumais alors…Sérieuse et concentrée, Elisabeth ne semblait pas deviner mes intentions plus personnelles. Je tins bon pendant quelques mois, mais un soir je craquai et lui ouvris les yeux sur mon autre motivation. Le choc fut rude et faillit faire dérailler l'ensemble du projet ! Elle demanda du temps pour réfléchir et revint vers moi avec l'idée que nous ne pouvions pas laisser tomber le projet même si ses sentiments n'étaient pas

---

[13] Ce film (*Le Cri de la liberté*) a été réalisé par Richard Attenborough en 1987, pendant l'apartheid.

à l'unisson des miens. Cela fut dur à avaler, mais nous continuâmes d'avancer...jusqu'au jour où nous commençâmes à donner tous les deux une autre dimension à notre travail d'écriture.

IV - Retour a l'etranger

1 - Au service des relations internationales de la Ville de Paris

Au début de 1991, Yves Cabana me convoqua pour me dire sur un ton compatissant que je devais me reposer et quitter mes fonctions...En réalité, ceci ne faisait qu'officialiser ma marginalisation croissante au cours de la période récente par un petit noyau dur de la direction qui n'appréciait pas mes manières de faire. J'aurais dû voir venir les choses, mais mon autre aventure m'avait sans doute un peu aveuglé. Quoi qu'il en soit, et bien que surpris sur le coup, je saisis cette occasion pour prendre du champ. Libre de toute attache, j'acceptai le poste de Directeur des Relations Internationales que le Maire de Paris Jacques Chirac me proposait...ainsi que celui, à titre totalement bénévole, de Trésorier de l'Association Réussir l'An 2000. L'idée de cette association revenait à Nicolas Sarkozy, cadre dynamique et plein d'idées alors proche de Jacques Chirac qui souhaitait ouvrir un nouvel espace politique, en marge du RPR dirigé par son ami et rival Alain Juppé. L'objectif était intéressant et quelque peu inédit en France, en tout cas, à droite: il s'agissait de réunir des experts de façon aussi large que possible, pour établir un diagnostic et réfléchir à des solutions politiques et techniques aux principaux problèmes économiques, sociaux, de défense qui se posaient en France. Sorte de *think tank* à la française, cette structure très souple allait connaître un rôle de plus en plus important au fur et à mesure que la campagne des Présidentielles de 1995 se rapprocherait et que se profilerait le choc entre les « amis de trente ans ». Jusqu'en 1993 et au tournant que constitua son ralliement à Edouard Balladur, tous les lundis matin, Nicolas Sarkozy y animait une réunion discrète, entouré de quelques proches de Jacques Chirac et de quelques hommes de communication.

Je ne restai pas longtemps trésorier de cette association car j'étais accaparé par mes nouvelles activités diplomatiques qui me passionnaient.

Mes missions à la Ville de Paris s'enchaînaient: j'accompagnai à Bangkok Jacques Kerchache, éminent spécialiste des arts premiers et véritable inspirateur du Musée des Arts Premiers sur le Quai Branly ; je planchai sur le projet de remise en l'Etat du musée de Phnom Penh miné par les Khmers rouges…Je fis un séjour à l'Université de Kaslik à Beyrouth où fut signé un accord de coopération entre l'institut agronomique de Beauvais et Kaslik sous les auspices du père Moanès, recteur de l'Université et de Monseigneur Sfeir, Patriarche de l'Eglise chrétienne d'Orient rattachée à Rome, qui jouait un rôle politique essentiel sur la scène libanaise.

Le plus passionnant fut la mission spéciale que j'effectuai discrètement à partir d'avril 1992, à la demande du cabinet du Maire, pendant plusieurs mois, pour tenter d'établir les bases d'un dialogue politique confiant entre Jacques Chirac et Yasser Arafat. Celui-ci en effet comprenait mal la position du gouvernement français au Moyen-Orient. Il jugeait la France trop « sous influence » d'Israël et éloignée de la politique de de Gaulle pour lequel il professait la plus grande admiration. La France se retrouvait évincée du processus de paix et son absence laissait l'OLP et les Arabes en général seuls face aux Etats-Unis et à Israël. Yasser Arafat avait mandaté un de ses proches, d'origine kurde, pour améliorer l'image de l'OLP et multiplier les relations informelles avec les relations politiques, notamment le parti gaulliste et plus particulièrement Jacques Chirac. D'avril à novembre, je rencontrai cet émissaire une fois par mois dans des endroits discrets. Les 7 et 8 novembre 1992, je rendis visite au chef de l'OLP à son quartier général de Tunis. A l'issue de cette mission, je rédigeai une note circonstanciée pour Jacques Chirac. J'y exposais le souhait de Yasser Arafat de maintenir avec le Chef du parti gaulliste un canal permanent et secret de communication car il considérait Jacques Chirac comme un ami en terre d'islam, s'inscrivant dans le droit fil de la politique arabe du Général de Gaulle. Ma note ne reçut aucun écho. Mes rendez-vous réguliers avec l'émissaire désigné par le chef de l'OLP devenant de plus en plus délicats à nourrir, faute d'instructions de mon côté, je décidai de mettre fin à ce processus, en dépit de toutes les promesses dont il me paraissait porteur. Je ne peux m'empêcher de penser, à tout le moins d'espérer, que ces échanges ont contribué à préparer le terrain d'un rapprochement qui sera rendu public, des années plus tard.

2. La Coopération française en Afrique, le Monsieur Togo

En 1993, la nomination d'Edouard Balladur comme Premier ministre et de Michel Roussin comme ministre de la Coopération devait singulièrement changer la donne pour moi. La perspective de travailler avec mon ancien camarade de l'Ecole de guerre m'invita à accepter le poste de chargé de mission au cabinet du ministre. Selon la terminologie officielle, je devais m'occuper des droits de l'homme, des affaires culturelles et de la francophonie. En réalité, je devais hériter en urgence des affaires du Togo, en pleine situation insurrectionnelle ! Après la répression sanglante d'une manifestation en février 1993, Paris avait mis fin à sa coopération. C'est ainsi que je devins le « Monsieur Togo » du ministre, oeuvrant dans l'ombre pour promouvoir des négociations entre un gouvernement peu disposé à se plier aux règles démocratiques et une opposition peu crédible…Pour autant, de convocations nocturnes par le Président Eyadéma en réunions discrètes avec l'opposition, quelques progrès furent réalisés, non sans mal ni force conférences téléphoniques avec Paris…

Ainsi, alors que le 25 août 1993 le Général Eyadéma, seul en lice, était réélu lors d'un scrutin contesté, moins d'un an plus tard, en février 1994, les deux principaux partis d'opposition obtenaient la majorité des voix lors des élections législatives. Le 29 avril, Edem Kodjo est nommé Premier ministre par le Président, bien qu'il soit le chef de la plus petite formation d'opposition. Dans un article publié par le journal *Libération* à l'époque, le journaliste Stephen Smith écrit: « Selon le scénario écrit d'avance à Paris, et sur place mis en œuvre par Jacques Rigault, le Monsieur Togo de Michel Roussin et ex-Colonel du Service Action de la DGSE, Edem Kodjo est devenu le Premier ministre d'un Gouvernement de « compromis national »...

Cette option qui ne manquait pas d'humour ne tenait pas compte des réalités des négociations engagées entre le Président et son opposition. Très intelligemment, le Président Eyadéma cherchait à impliquer la France dans cette partie de billard à trois bandes en jouant des effets pervers de la cohabitation. Ainsi, l'amiral Lanxade et moi-même nous établîmes un premier contact officiel à l'occasion d'un déjeuner à Lomé, au palais présidentiel. Nous fûmes, l'un après l'autre, introduits auprès du Président Eyadéma pour lui remettre, chacun, un message des autorités françaises.

L'amiral était porteur d'un message du Président François Mitterrand probablement peu amène. Quant à moi, j'avais à remettre au Général-Président une lettre du Premier ministre que je devinais plus encourageante au vu de la réaction enjouée que son destinataire lui réserva. Le déjeuner qui suivit cette double cérémonie fut des plus sinistres. Je commençais à connaître le Président et sa faculté à jouer de sa mine renfrognée...L'amiral Lanxade en fit les frais ce jour- là, sur un mode tragicomique : « Amiral, lui lança-t-il, vous n'aimez pas le caviar ? » Et en désignant un de ses collaborateurs : « Vous pouvez y aller, c'est mon goûteur »...

Peu à peu, Eyadéma prit l'habitude de me recevoir dans son bureau, souvent à des heures avancées de la nuit. Il me faisait réveiller et je devais me préparer à sortir de l'immense hôtel de Lomé dont j'étais le seul occupant, pour aller écouter ses démonstrations sur la fragilité de l'opposition pour laquelle il n'avait que mépris, en particulier Edem Kodjo, jadis un de ses fidèles !

Venait en suite l'heure du champagne : tiède si l'humeur était maussade, bien frappé et provenant de la cuvée du bicentenaire de la Révolution française si le moral était au beau fixe !Pour achever de m'impressionner, le « Général » téléphonait à M. Jacques Foccart en ma présence, lequel devait moyennement apprécier ces conversations nocturnes.

Cette mission passionnante s'acheva malheureusement de façon prématurée avec la dissolution du cabinet de Michel Roussin, dans des conditions que je jugeai révoltantes. Il n'est pas courant de voir un ministre de la République arrêté et menotté sur les ordres d'un juge en veine de notoriété, au mépris de toute présomption d'innocence…

L'année 1993 fut aussi une année d'épreuves sur le plan familial. Pierre Jacomet, second mari de ma mère et mon parrain, avait fortement décliné au cours des années passées, atteint d'un cancer de l'oesophage. Celui que nous avions connu entreprenant, astucieux et plein d'humour, était devenu sombre, aigri, souvent intolérant et impatient. Bientôt ombre de lui-même et terriblement amaigri, il mourut en juillet. Ma mère qui s'était épuisée à l'accompagner nuit et jour et qui avait donné ses dernières forces auprès de ce second mari atteint d'une maladie incurable, ne trouvait plus l'envie de vivre. Nous passâmes quelques jours avec elle en août dans sa maison de Clans, dans l'arrière-pays niçois, et nous devions aller la voir pour les vacances de la Toussaint. Je l'appelais régulièrement, entre deux missions. Nous essayions d'être aussi présents que possible, par l'intermédiaire du téléphone, mais sa voix était faible, lointaine, souvent entremêlée de sanglots. Trois mois à peine après la disparition de son mari, elle fut victime d'un accident cérébral. Mme Emonod, notre fidèle femme de ménage, la découvrit allongée dans la cuisine de l'appartement, en venant prendre son service le matin. Je me précipitai à l'hôpital, à Nice, où elle était en soins intensifs. Elle me reconnut et me glissa : « Tu es un bon garçon, Jacky ». Ce furent ses derniers mots et elle mourut dans les jours qui suivirent. Suivant de près celle de mon père d'adoption, la disparition de ma mère fut un choc violent. Nous n'étions pas proches au sens où la plupart des gens, surtout aujourd'hui, l'entendent. Je n'ai jamais eu de familiarités avec ma mère et sans doute la pudeur occupait une forte place dans les relations intrafamiliales. Lisant, après son décès, le récit de son premier voyage en France, avec mon père, en 1939, juste avant la guerre, un voyage qui les tint éloignés de moi pendant presque un mois et dans lequel je ne trouvai pas un mot sur moi, je me suis interrogé sur les sentiments de ma mère pour moi. Aînée de quatre filles élevées par un mari devenu veuf très tôt, fruit d'une éducation stricte et mariée très jeune, ma mère m'est souvent apparue comme une personne très raffinée, sensible à la nature, à la poésie et douée pour les lettres, également rompue aux obligations d'une femme de la société coloniale de l'époque et femme de devoir. Mais il m'est difficile de l'imaginer heureuse, souriante et enjouée. Les photos et les films de l'époque indochinoise la montrent souvent plus réservée que d'autres femmes. Son récit de voyage dévoile une capacité d'observation et d'analyse certaine, mais il en ressort peu de mots pour exprimer le bonheur, la plénitude que l'on imagine être celle d'un jeune couple aisé parcourant pour la première fois la France, de Nice à la Normandie et de La Rochelle à Perpignan ! J'ai toujours pu compter sur ma mère. Je la revois encore me réveillant le matin vers 5 heures à Nice, ayant préparé mon petit-déjeuner et préparé des fiches de synthèse pour m'aider à préparer le Baccalauréat. Elle attachait beaucoup de prix à mon éducation et je crois qu'elle était très fière de ma réussite à Saint-Cyr. Plus tard, dans des épreuves personnelles et familiales douloureuses – mes deux divorces, le chômage –, elle était toujours là pour me remonter le moral et m'épauler financièrement si nécessaire. Plus tard, lorsque je lui présentai Elisabeth, de trente ans ma cadette, elle se révéla d'esprit ouvert, disponible, soucieuse avant tout de mon bonheur retrouvé. Ma mère et moi communiquions aussi dans le silence. Proches, économes de mots, pudiques, nous pouvions rester de longues minutes ensemble sans parler et sans éprouver la moindre gêne du fait de ce silence. Les racines asiatiques peut-être… ? Aujourd'hui cependant, je regrette de n'avoir pas eu l'idée ou l'audace de forcer ces silences et d'explorer plus avant la richesse de notre entente. Cela m'aurait peut-être aussi aidé à comprendre davantage les racines de sa douloureuse relation avec ma sœur.

Provoqué par un triste concours de circonstances, le double deuil de mes parents cette année 1993 faisait se rapprocher mes origines indochinoises et mon expérience africaine. En juillet, puis en octobre, mes amis togolais, conseillers du Président et de son principal opposant, se manifestèrent avec une chaleur que je n'ai jamais oubliée. Je revois encore l'immense gerbe de fleurs que l'on vint me livrer, la veille des obsèques de ma mère, et qui ne pouvait franchir l'entrée de notre appartement de Nice, pourtant généreuse. Je revois encore la délégation togolaise venue se joindre à notre cortège, dans le cimetière du petit village de Clans, situé dans l'arrière-pays niçois, après un trajet de plus de trois heures en taxi depuis Marseille, pour cause de grève… ! Au-delà des gestes officiels, qui n'étaient d'ailleurs en rien attendus car il s'agissait d'un événement personnel, leur présence exprimait une fraternité et une humanité qui me touchèrent profondément.

3. Une mission pour Sa Majesté

« Crossing Saint Stephen, that is my green »

Traverser le plus beau parc de Dublin dans la douceur de ce matin de juin 1997, sous le regard amical, mais inquisiteur de James Joyce, c'était éprouver un étrange sentiment de plénitude…Quelques mois auparavant, j'avais été tiré de ma paisible retraite niçoise par un appel téléphonique de l'Ambassade de Grande-Bretagne à Paris. Mon interlocuteur, que nous appellerons Nick, me demanda si nous pouvions nous rencontrer lors de l'un de mes passages à Paris. Intrigué par la démarche, j'acceptai cependant avec joie et un rendez-vous fut aussitôt pris.

Le déjeuner qui suivit s'avéra passionnant. Il s'agissait de l'Irlande du Nord et des derniers avatars de la négociation relative au cessez-le-feu tant attendu par toutes les parties en présence. Pour des raisons que je n'ai jamais élucidées, Nick était chargé de me demander mon aide pour décrypter les relations complexes et ambiguës entre Londres et Dublin. Devant mes réticences à me reconnaître qualifié pour ce travail de diplomate, Nick m'assura de sa confiance, au vu de ma carrière professionnelle…et il me garantit que cette mission ne comportait aucune dimension incompatible avec les intérêts de mon pays ou contraire à ceux-ci. Elle pouvait, au demeurant, être utilisée comme élément d'un futur ouvrage si je le souhaitais.

Fort de ces garanties, j'acceptai ce rôle d'émissaire discret, attentif aux négociations en cours et soucieux de décrypter les intentions réelles des principaux protagonistes. C'est ainsi, avec l'enthousiasme du journaliste amateur que j'étais devenu, que j'entrepris de monter des rendez-vous à Londres, avec la London School of Economics et, à Dublin, au ministère des Affaires étrangères. Dans tous les cas, et conformément aux habitudes anglo-saxonnes, je fus reçu avec une grande courtoisie par les responsables de haut niveau que j'avais sollicités. Il est vrai que le caractère universitaire que j'avais imprimé à la présentation de ma recherche me servit de sésame. Ce fut le cas lorsque je fus reçu à Dublin par un haut fonctionnaire, proche collaborateur du ministre des Affaires étrangères. En relisant mes notes prises à l'époque, je suis encore surpris par la confiance que d'emblée il me témoigna. La quarantaine, faisant preuve d'une extrême courtoisie, il répondit sans fard à mes questions sur la coopération entre Londres et Dublin, parlant de « l'approche commune des deux gouvernements et de leurs enjeux », sans ambiguïtés. « Jamais, ajouta-t-il, la coopération entre Londres et Dublin n'a été aussi parfaite, malgré d'inévitables divergences d'appréciation ». Comme me déclara un autre interlocuteur irlandais, « les relations complexes entre Londres et Dublin reflètent une certaine incapacité des Britanniques à traiter les problèmes de face… » En la circonstance, j'ai le sentiment que les protagonistes T.Blair et B.Ahern n'avaient pas d'autre choix que de surmonter ces divergences !

Selon un journal londonien de l'époque, cette appréciation n'empêcha pas quelques écoutes de toutes les communications internationales passées depuis l'Irlande depuis 10 ans, grâce à une tour installée sur la côte anglaise. Citant de hauts responsables du service de renseignements, le journal affirmait que le but principal de ce système était de recueillir des informations sur les activités terroristes, mais également de se tenir au courant des orientations véritables du gouvernement irlandais. Connaissant la pugnacité des services secrets britanniques, cette « révélation » me paraît tout à fait plausible même si je doute de l'utilité d'un tel dispositif. Il n'en reste pas moins qu'une telle allégation pouvait renforcer la méfiance historique ressentie par les deux capitales…

Comme le souligna à l'époque Paul Brennan, un grand intellectuel irlandais, l'Irlande a connu en 1998 une année exceptionnelle. Grâce aux efforts des gouvernements de

Dublin et de Londres, la signature d'un accord politique allait ouvrir la voie à une Irlande nouvelle.

Cette expérience irlandaise s'acheva avec la fin d'une longue et douloureuse histoire qui n'avait que trop duré. La signature des accords de paix, le 10 avril 1998, marqua le succès d'intenses et complexes négociations conduites par des hommes de bonne volonté, acceptant de taire leurs égoïsmes et leurs divergences pour faire prévaloir la paix.

4. 2002-2007 : cinq ans de bonheur presque ininterrompu

Le 6 septembre 2002, à 21heures, à Paris, naissait mon quatrième enfant, mon premier garçon, Alexandre. Je venais d'entrer dans ma soixantième année et ce fut l'un des plus beaux jours de ma vie.

Deux mois après, je partais m'installer aux Etats-Unis, à Washington DC où mon épouse était nommée dans une grande organisation internationale. A titre personnel ou professionnel, j'avais fait de fréquents séjours dans ce pays qui continue de me fasciner par son énergie, ses grands espaces et le sentiment de liberté qui, malgré la présidence Bush et quelques expériences de *french bashing* au moment de la guerre en Irak, n'a jamais cessé d'exister. Ce qui s'est passé le 11 septembre 2001 m'avait profondément bouleversé, comme de nombreux Français, et j'avais pensé, un moment, pouvoir me rendre utile auprès d'anciens collègues américains. Même si cette installation se déroulait dans un contexte purement personnel, je restais très attentif à l'évolution de la situation politique dans ce grand pays allié.

Je vécus des moments de grand bonheur en parcourant l'intérieur du pays - Boston, New York, l'Arizona, le Colorado, la Floride -, en fréquentant l'Université de Johns Hopkins et en assistant à de nombreuses conférences dédiées à la situation politique internationale, en voyant notre enfant grandir, entre des *nannies* estonienne, américaine et thaïlandaise, dans ce village nord-américain et international fabuleux que constituait la communauté washingtonienne des fonctionnaires de la Banque mondiale et du FMI.

Depuis mon enfance et le plus souvent dans ma vie, j'ai vécu dans un environnement cosmopolite où les langues, les races et les religions ne constituaient pas de vraies barrières. Cette tranche de cinq années vécue dans la capitale américaine, certes dans des conditions financières privilégiées, s'inscrit dans la même perspective. J'étais et je reste ravi que mon fils ait fait ses premiers pas dans la vie de cette façon, stimulé dès le début par la diversité, celle des visages, des langues et des parcours qui force à rechercher et à valoriser la dimension humaine qui constitue le fil commun si précieux.

Nous vivions loin de la France, même si nous y retournions fréquemment, et je repris cette mentalité d'expatrié, si souvent incomprise en France, qui constitue un promontoire d'observation détaché et parfois peu confortable. Je suivais de très loin l'actualité politique et judiciaire. Lorsque le procès des emplois fictifs du RPR s'ouvrit à Nanterre, à l'automne 2003, tout un pan de ma vie devenu très lointain rejaillit de façon aussi inattendue que désagréable.

Rien dans mon éducation, ma formation et mon expérience professionnelle ne m'avait préparé à cela. On pourrait penser que Saint-Cyr et le commandement militaire, sans parler de mes valeurs et de mon éducation, m'auraient prédisposé à savoir prendre des coups, rendre des comptes et résister à un système implacable. Mais cela n'a pas été le cas, ou si peu. Plus exactement, je n'ai pas senti que cela m'aidait beaucoup, au regard de ce que j'ai vécu comme une immense injustice, l'intrusion dans la vie d'un système froid, implacable, violent et dont je questionnai la légitimité puisque les faits remontaient à 1988/1991, alors que les mœurs et le cadre législatif avaient significativement évolué depuis, ceci sans revenir sur les conditions de mon départ du RPR...

Je pourrais reconnaître au vu de la décision finale – ma condamnation fut la plus légère - que mon honnêteté et ma bonne volonté à concourir à l'expression de la vérité ont été reconnues, notamment lors de ces fameuses audiences d'octobre 2003...Il faut d'ailleurs noter que la présidente du tribunal a relevé ces faits publiquement.

Je maintins mes dépositions. Elles tendaient à montrer que j'avais essayé de faire évoluer le système, de le professionnaliser et de le rendre plus transparent, mais je m'étais heurté à une fin de non-recevoir. Par ailleurs, je n'étais pas fâché, même si, comme beaucoup, j'en fus surpris, d'assister aux dépositions de celui qui m'avait fait obstacle à l'époque et qui venait, 12 ans après, avec la même suffisance technocratique, lâcher Alain Juppé, après en avoir été le bras droit et l'influent conseiller. Ce jour où Yves Cabana déclara que « tout le monde savait » fut un tournant dans le procès et me conforta dans le sentiment que mon approche – ne rien nier, concourir à l'émergence de la vérité tout en resituant les événements dans leur contexte – était la seule digne et valable.

Mais j'ai vécu ces longs mois faits de convocation, de préparation, d'audience et de couverture médiatique comme un profond traumatisme. On venait me demander des comptes alors que j'avais moi-même éprouvé des sentiments d'amertume et d'échec en travaillant rue de Lille. On venait raviver des sentiments enfouis et une expérience qui, j'en suis convaincu, m'a en outre desservi dans différentes tentatives pour retrouver des activités professionnelles par la suite. J'étais partagé entre l'envie d'en découdre avec cette justice décalée assortie de journalistes irresponsables et assoiffés de sang cathodique, et la tentation de livrer un combat pour la reconnaissance de ma vérité dans un jeu trouble dont je savais que j'avais été le jouet. Parallèlement, mon éducation et ma nature me conviaient à une certaine réserve et à un formalisme de bon aloi. Ce sont eux qui heureusement ont prévalu et ont guidé mes interventions.

Moi, qui avais fait de l'ombre ma spécialité, détestai cette exposition médiatique. Enfin et surtout, j'étais seul dans cette aventure, séparé de ma femme et de mon fils restés à Washington. Je serrais et regardais chaque jour leurs photographies enfouies comme des porte-bonheur dans la poche de mon costume. Nous nous appelions très souvent au téléphone et je sentais Elisabeth inquiète, même lorsqu'elle me raconta sur un ton enjoué qu'elle m'avait vu entouré de journalistes quelques secondes sur France 2, dans le cadre du journal télévisé, en compagnie d'Alexandre et de sa *nanny* thaïlandaise médusée...Dans ce processus qui ne laisse jamais les proches indemnes, ma femme s'offrit elle aussi un joli zona pour l'occasion !

Epilogue : Et s'il fallait repartir ?

« Souvenir qui passe…la vieille caserne oubliée »

Ce vieux refrain scandé fièrement par les apprentis Saint-Cyriens dans leurs jeunes années exprime les valeurs de fidélité, de service, de loyauté et de solidarité qui fondent leur engagement. Il constitue un marqueur indélébile dans mon itinéraire.

Je ne suis pas un écrivain. Je suis un soldat et un homme peu bavard. J'aurais pu rester confiné dans ce silence qui me va bien. Mais lorsque je regarde mon fils grandir et que je m'interroge sur ce qui, parmi mes valeurs et mes expériences, pourrait lui être utile, je reste perplexe, partagé entre l'enthousiasme pour les facilités si nombreuses qui sont offertes aux nouvelles générations aujourd'hui et l'absence d'idéal et de valeurs dans les discours et les actes, au-delà des exercices de style et des protestations d'indignation parfois artificielles. Dans cette époque de la mondialisation qui a aboli bien des frontières, je trouve la France étriquée, recroquevillée, incapable de se trouver une voie qui lui soit propre, au-delà des formules magiques sur les Lumières qui ont cessé d'épater un monde en pleine transformation.

A 75 ans, quand je me retourne pour examiner le chemin parcouru, je suis heureux d'avoir bien rempli ma vie et d'avoir eu tant d'occasions de réaliser des actions hors du commun, la plupart d'entre elles étant en accord avec mes principes et mes idéaux. J'ai eu la chance de côtoyer des personnalités qui ont marqué leur époque, dans des domaines variés comme le service de l'Etat, la politique, la diplomatie, le développement économique, et j'ai beaucoup appris à leur contact. Je pense, même dans des contextes difficiles et que notre époque actuelle a du mal parfois à saisir dans toute leur complexité, comme la guerre d'Algérie, avoir à la fois apporté une contribution utile à mon pays et humaine et avoir en permanence appris au contact des autres.

Toutes les civilisations reconnaissent que nul homme ne peut avancer dignement dans la vie sans effort et sans compassion pour ses frères. J'ai en tout cas essayé de mener ma vie sur ce chemin et je voudrais que mon fils aujourd'hui âgé de 9 ans puisse, à sa façon et dans les domaines et les circonstances qui lui seront propres, avancer ainsi, en pensant aux conséquences de ses actes sur les autres et en gardant toujours à l'esprit cette communauté humaine dont nous faisons tous partie.

Les enfants d'aujourd'hui, fils d'Internet, de Facebook et de Twitter, baignent dans une culture empreinte de narcissisme, d'individualisme forcené et de consommation permanente.

Il y a pourtant aujourd'hui des causes importantes qui appellent au dépassement, à l'engagement, à l'honnêteté. Je ne parle pas ici d'héroïsme. Nous ne sommes pas en guerre. Mais comment se satisfaire de l'état de notre pays et de celui du monde ?

Il est sans doute assez commun à toutes les générations de regretter les époques révolues et de juger durement les temps nouveaux. Pourtant, alors que notre époque met à la disposition du plus grand nombre davantage de progrès techniques et scientifiques et les leçons des temps passés, le diagnostic sévère porté sur nos élites semble malheureusement assez juste. La disparition des repères, les inégalités et les injustices qui perdurent sur fond de naufrage des valeurs devraient inciter à davantage de modestie ces donneurs de leçons de tous poils qui nous entourent et continuent d'asseoir leur incompétence.

Le sous-investissement dans l'éducation de la jeunesse, la dévalorisation du travail et de l'effort, ces piliers de la démocratie et du progrès social, sont à l'origine de biens des maux de notre société dans laquelle une très large partie de notre jeunesse, y compris d'origine étrangère et qui constitue une partie de l'avenir de la France, ne parvient pas à trouver sa place et regarde, exaspérée, un petit groupe de protégés se réserver des privilèges et se comporter, jusque dans le domaine de la vie privée, avec un sentiment total d'impunité.

Hors de nos frontières, qu'est-ce qui peut motiver un jeune Français aujourd'hui? Je n'ai bien sûr pas de recommandations à faire ou de leçons à donner à qui que ce soit, mais parmi toutes les bonnes raisons et les possibilités d'engagement aujourd'hui, l'aide au développement et en particulier à l'Afrique me paraît une des plus causes les plus justes, non pas, certes, dans l'esprit de mes ancêtres et de la colonisation que je ne condamne pas d'un bloc, mais dont le concept est devenu totalement anachronique et inaudible aujourd'hui.

L'Afrique n'est pas un continent ou une région. Elle est un monde, un monde fascinant, riche, bouillonnant, mais toujours fragile.

Sur le plan écologique, l'Afrique contient des réserves extraordinaires : les forêts de l'Afrique centrale s'étendent sur plus de 200 millions d'hectares. Elles offrent un refuge à nombre d'espèces animales ou végétales rares en voie de disparition. Et pourtant, ces vastes étendues d'anciennes régions boisées risquent de disparaître. D'après l'Organisation des Nations Unies pour l'alimentation et l'agriculture (FAO), les forêts d'Afrique sont détruites au rythme de plus de quatre millions d'hectares par an. La FAO estime que de 1980 à 1995 la déforestation a représenté plus de 10 % du total de la couverture forestière du continent.

Ce qui est en cause, ce sont notamment de mauvaises politiques de gestion des forêts, surtout la surexploitation de celles-ci, la déforestation à des fins agricoles et parfois pour des productions qui ne présentent pas d'intérêt pour l'Afrique elle-même et la récolte démesurée de bois pour la cuisine qui satisfait les besoins énergétiques de la population dans des proportions bien plus larges qu'ailleurs.

On a largement démontré le rôle de la déforestation dans le réchauffement planétaire et la production d'émissions de dioxyde de carbone. Ceux-ci contribuent à des phénomènes négatifs de grande ampleur en Afrique dans les zones semi-arides du Sahara, mais aussi dans des zones plus peuplées qui ne sont pas du tout préparées à y faire face.

Avec plus d'un milliard d'habitants, l'Afrique représente 14% de la population mondiale. 60% des Africains sont des jeunes. En regard de ce potentiel exceptionnel, l'Afrique représente une part très marginale dans le commerce mondiale et a du mal à satisfaire ses besoins, empêtrée dans la crise de la dette et des problèmes de gouvernance persistants.

Il y a pourtant des messages d'espoir.

Succédant à deux années – 2009 et 2010 - de relatif recul de la démocratie sur le continent, en Mauritanie, à Madagascar, au Niger ou en Guinée, 2011 a vu des avancées importantes se réaliser en Côte-d'Ivoire, en Tunisie et en Libye. Certes, ces progrès sont fragiles et même, comme en Tunisie ou en Libye, chargés d'ambiguïté. Mais des régimes despotiques ont été éradiqués par les peuples de ces pays et l'aspiration à la démocratie progresse. Ces progrès ne masquent pas les reculs parfois surprenants tels que l'illustre le récent coup d'Etat au Mali, espérons-le très transitoire.

L'Afrique doit et peut progresser par elle-même. Sans céder aux thèses souvent simplistes des contempteurs de l'aide publique au développement qui ne ferait qu'enfermer le continent dans le sous-développement et la corruption, il est sans doute vrai que l'aide à l'Afrique en particulier pourrait plus efficacement contribuer au développement du continent par les Africains.

Il y a certes le problème du volume de l'aide qui n'est pas à la hauteur des engagements pris par la communauté internationale à la conférence mondiale sur le financement du développement à Monterrey en 2002 puis en 2005 par le G8 au sommet de Gleneagles. Régulièrement, les organisations internationales font le point sur les financements réellement mobilisés. L'objectif de Monterrey de porter le budget d'aide au développement à 0,7% du PIB par exemple n'est atteint que par un petit nombre de pays seulement, dont ni la France, ni la Grande-Bretagne, ni a fortiori les Etats-Unis ne font partie.

Il y a aussi le problème de l'efficacité de l'aide, telle que définie dans la Déclaration de Paris en 2005, puis à Accra en 2008 et tout récemment en Corée du Sud lors d'un forum sur l'efficacité de l'aide. Je me souviens de l'époque où l'aide prenait essentiellement la forme de projets ciblés sur des objectifs précis et où tous les bailleurs opéraient dans les pays, sans coordination entre eux et sans souci de l'impact de long terme qu'ils auraient, lequel ne peut provenir que d'un ancrage vrai et profond dans la stratégie de développement du pays lui-même.

Il y a eu des progrès, ces dernières années, avec la reconnaissance d'un vrai partenariat équilibré entre pays donateurs et pays récipiendaires de l'aide et l'idée que seule l'appropriation par les pays – par les acteurs gouvernementaux et non gouvernementaux comme la société civile et le secteur privé - était à même de mobiliser efficacement les ressources extérieures, en complément des ressources existant dans les pays eux-mêmes. Les modalités de l'aide ont changé et heureusement les approches sont plus larges et ancrées dans les programmes et les stratégies des pays. Lorsque les institutions étaient fragiles, les donateurs se sont mis d'accord pour les renforcer au lieu de simplement les contourner, ce qui n'est pas une solution de long terme. Si l'on veut pouvoir en finir avec l'aide au développement un jour, il faut la rendre plus efficace et s'attaquer aux vrais problèmes, au lieu de simplement considérer des intérêts de court terme, étroitement nationaux, parfois mercantiles et volatiles. Il appartient aux pays africains et à leurs partenaires d'en finir avec le cercle vicieux d'une dépendance à l'aide qui rend les gouvernements plus responsables de leurs actes devant les donneurs que devant leurs concitoyens. Il est urgent de déclencher le cercle vertueux d'une aide qui vise à s'effacer d'elle-même par la mobilisation des ressources publiques du pays bénéficiaire, par davantage d'investissements et d'emplois pour les populations locales.

Même limitées par leur niveau pour prendre en compte la pauvreté des populations, les recettes tirées de la fiscalité doivent être considérées comme une composante des recettes budgétaires qui croissent avec le développement du pays. Les populations ont tout à y gagner car ce pouvoir fiscal leur donnera la possibilité d'influencer les politiques et de demander des comptes sur l'utilisation de ces recettes pour améliorer les services, répondre aux besoins, développer les investissements nécessaires, mieux contrôler l'utilisation et la valorisation des ressources naturelles. Je me souviens d'une époque où une partie des ressources naturelles gabonaises était gérée étroitement par les sociétés étrangères dont la mienne. L'Afrique demande aujourd'hui légitimement à renégocier un certain nombre de contrats et pèse davantage dans les discussions avec les poids lourds internationaux des industries extractives. Les Organisations Non Gouvernementales ont contribué à rendre la situation plus transparente et cette évolution est saine. Il faut tourner la page d'une époque où les arrangements, sur fond de guerre froide et de connivences personnelles, laissaient assez largement le développement au bord de la route. Les outils nécessaires, les références et les bonnes pratiques existent aujourd'hui. Ce qui manque, c'est une volonté de les utiliser de la part de tous les acteurs engagés en Afrique, y compris les nouveaux acteurs tels que la Chine, l'Inde ou le Brésil. Il faut que l'Afrique se lève et dicte à l'ensemble de ses partenaires les règles d'un partenariat conforme à ses intérêts.

Et la France dans tout cela ?

L'aide publique au développement de la France, après des années d'efforts volontaires poussés par le Président Chirac, a atteint le niveau de 0,5% du PIB avant de reculer légèrement, tout récemment. On ne voit aucune stratégie claire pour atteindre l'objectif de 0,7% approuvé par la France. L'aide au développement n'est pas une priorité de la France aujourd'hui et on n'en trouve d'ailleurs même pas mention, ou si peu, dans les programmes électoraux à la veille de ces élections présidentielles.

Où est la politique africaine de la France ? Quelles sont les priorités géographiques, sectorielles, politiques ? Qui sont les grands partenaires africains avec lesquels la France travaille au règlement des conflits, au développement régional et au meilleur positionnement de cette région dans le courant de la mondialisation ?

La page de la Françafrique marquée par des relations certes d'un autre temps entre les élites française et africaine se tourne. Mais aucune vision, aucune vraie relation entre ce continent si proche de nous et la France n'a su émerger. Des discours ambigus et des relations commerciales au petit pied, sur fond d'épisodes plus ou moins scabreux, une aide publique au développement qui tant sur le plan quantitatif que qualitatif reste à un niveau sans rapport tant à notre histoire, qu'aux attentes et aux intérêts des Français et des Africains, une incapacité de la France à peser de façon stratégique dans les grandes organisations internationales, une administration décimée, peu valorisée et ballottée au gré des remaniements...tout ceci est également décevant. On a, à juste titre, critiqué l'époque des relations secrètes et parfois paternalistes entre la France et ses anciennes « colonies ». Mon parcours s'est parfois inscrit dans ce contexte et j'ai côtoyé certaines personnalités qui ont marqué cette époque. Je voudrais voir émerger autre chose. Je ne vois rien venir de véritablement nouveau et refondateur ni d'un côté, ni de l'autre. Et pourtant les enjeux, les attentes, les opportunités sont là.

Jusqu'aux années 90, l'Afrique semblait mériter le qualificatif de « continent sans espoir », terme utilisé par *The Economist* sur la première page de son numéro de mai 2000. Après une décennie de progression sur les plans économique (avec une croissance de 5% en moyenne... !), politique et de développement humain (avec notamment un recul de la mortalité infantile et maternelle et de la progression du sida et du paludisme), plusieurs observateurs voient aujourd'hui dans le continent une région du monde pleine de promesses, au point que le même journal, *The Economist*, parlant de l'Afrique, évoque, douze années après, le « continent de tous les espoirs ».

Rompant avec un discours français officiel très discret et parfois ambigu, Alain Juppé, ministre d'Etat des Affaires étrangères, a livré une analyse plus constructive et plus claire dans un article récemment paru dans *Le Figaro* (2 avril 2012) qui conclut ainsi: « Que veulent enfin les Africains ? Que la voix de l'Afrique porte dans le concert des nations et qu'on cesse de parler à sa place ! ». Certes...Et pourtant, si la disparition de la guerre froide a cessé de faire de l'Afrique un enjeu de pouvoir entre l'Est et l'Ouest, le continent doit relever de nouveaux défis extérieurs. J'en vois au moins trois, divers, mais également importants : l'intervention de la Chine et d'autres pays émergents à travers ce qui ressemble plus à du commerce qu'à du développement, la question du rôle et du futur de l'Afrique dans les négociations en cours dans le cycle des grandes conférences sur le changement climatique et enfin les conséquences du printemps arabe et des changements intervenus récemment notamment en Libye, pays qui, on le sait, a pendant des années, entretenu des relations complexes avec certains de ses pays frères, comme le triste épisode malien vient de le démontrer. Pour répondre à chacun de ces défis, il est nécessaire que les dirigeants africains soient forts et s'organisent collectivement pour que leur voix porte, au travers d'organisations régionales fortes et indépendantes, jusqu'au niveau des grandes instances et dans les grandes conférences internationales. Pour l'heure, l'influence décisive des puissances étrangères extérieures au continent demeure encore malheureusement une réalité, comme on l'a vu dans les événements récents de Tunisie, de Libye, de Côte-d'Ivoire et du Mali. A la faveur d'événements divers, le rôle actif de la France en particulier en Côte-d'Ivoire et au Mali a été évident pour soutenir la mise en place de pouvoirs nouveaux. Etait-ce inéluctable ? Est-ce une situation satisfaisante ? Je conserve quelques doutes, notamment s'agissant du Mali dont le Président avait été démocratiquement élu et dont la destitution, à quelques mois de la fin de son mandat, orchestrée par une CEDEAO sous influence, et sous le coup de la révolte conjointe de militaires mal traités, mais totalement dépassés et de quelques fanatiques sur-armés via le marché des armes à ciel ouvert que constitue aujourd'hui la Libye, constitue un signal négatif pour la démocratie en Afrique.

S'il me fallait repartir aujourd'hui hors de nos frontières, c'est sans doute vers l'Afrique que mes pas me conduiraient, non pas pour y tirer des ficelles devenues aussi visibles qu'inopérantes, mais pour offrir mon expérience et contribuer, sous la direction d'Africains, à la réalisation de leurs ambitions et à l'affirmation de ce berceau de l'Humanité qui reste paradoxalement encore si jeune sur la scène internationale. Aux côtés d'une Europe vieillie et affaiblie, d'une Amérique ayant perdu son statut d'arbitre unique des affaires du monde et d'une Asie souvent conquérante, aux côtés des pays émergents dont les modèles de croissance nouveaux n'ont pas encore été analysés en détail, nous avons besoin d'une Afrique forte, capable d'offrir un avenir souriant à tous ses enfants et apportant sa contribution à un monde plus équilibré et plus solidaire. Je ne veux pas idéaliser l'Afrique. J'ai eu ma part d'expériences sur la nature humaine et je sais que, sans jeu de mots ici, l'herbe n'est pas forcément plus verte ailleurs. Mais j'ai le sentiment que servir l'Afrique est, de toutes les causes s'offrant aux générations avides d'engagement, l'une des plus belles et des plus porteuses d'espoir d'un avenir collectif meilleur.

Au moment où je mets un point final à cet écrit, mes pensées sont dominées par ces visages familiers qui ont jalonné et influencé différentes étapes de ma vie. Un visage domine parmi ceux de tous ces chers disparus, celui de ma mère Suzy. Souvent dans mes rêves, je vois la silhouette de cette femme menue et élégante, au visage serein, un sourire à peine esquissé, vêtue de ce long vêtement vietnamien qu'elle porte sur la toile peinte aux couleurs pastel que j'ai héritée de mes parents. Je vois son visage doux, compréhensif et énigmatique. Elle semble poussée doucement vers l'avant par un léger vent d'Asie qui se glisse dans les plis du vêtement, chaussée de petites ballerines chinoises. Elle vient vers moi comme pour m'accompagner et me montrer le chemin. La main droite tient un éventail à peine ouvert. Le mouvement du corps indique tout juste une direction. A moi de définir le cap. Mes origines, l'histoire et les valeurs portées par ma famille ont fortement influencé mes choix et ma philosophie de la vie. Porté vers l'action et vers les défis nouveaux, j'ai eu plusieurs vies, mais un même fil conducteur les relie : le devoir d'être à la hauteur de ceux qui m'ont précédé et le désir d'imprimer ma propre marque au destin particulier de cette histoire familiale avant de passer le flambeau, à mon tour, à ceux qui me suivent. Comme beaucoup de gens de mon époque, j'ai été fortement marqué par des événements historiques hors du commun : la Seconde Guerre mondiale, la guerre d'Indochine et la guerre d'Algérie, puis la guerre froide et la fin du communisme. J'ai été porté par ces chamboulements, tout en saisissant les occasions que la vie m'a offertes de découvrir des territoires inconnus : l'armée, les services secrets, l'Afrique, la vie politique, le monde de l'entreprise et l'écriture.

J'ai vécu chacune de ces expériences comme des défis et autant d'opportunités de m'engager, de servir une cause et d'apporter ma pierre à une action collective. J'ai longtemps regretté, comme beaucoup de jeunes officiers romantiques, de ne pas mourir sur le champ de bataille. J'en viens parfois à estimer que cette pensée n'est pas sans comporter une certaine dose de lâcheté et ressemble finalement à un abandon en rase campagne. J'ai connu des défaites et des moments difficiles sur un plan professionnel et privé. Je me suis toujours relevé et ai trouvé, à la faveur de rencontres et d'événements divers, la force de repartir et de m'investir dans une nouvelle aventure. Je pense que cet héritage du passé et cette conscience fortement ancrée en moi de faire partie d'une histoire collective - familiale et nationale - qui me dépasse et m'oblige ont été de très précieux aiguillons. Ils m'ont permis de vivre de multiples vies, et pas seulement de vivre ma vie. Cela fut une grande chance et je voulais, à travers ce récit, la partager avec celles et ceux qui me liront.

Certains passages de ce livre sont extraits de *La geste française en Indochine*, de GeorgesTaboulet (2 volumes).

Graveurs de mémoire aux éditions L'Harmattan

FILLE D'IMMIGRÉE. NOTES ET SOUVENIRS
Gaborit Ribero Georgette
Au fil des pages de ce premier livre, l'auteur rend compte de ce qui fait sa vie de femme dans la ville provençale de Mouans-Sartoux. Elle évoque, dans un va-et vient entre présent et passé, l'existence de ses ancêtres piémontais, celle de ses parents, et sa propre enfance toulonnaise à l'époque du Front Populaire, de l'Occupation et de l'après-guerre. Le lecteur assiste ainsi à la construction d'une personnalité fidèle à ses origines mais s'interrogeant aussi sur soi et le monde d'aujourd'hui.
(Coll. Graveurs de Mémoire, 22.00 euros, 220 p.) ISBN : 978-2-296-57004-7

MARHABA. PARAGES INTRANQUILLES. MÉMOIRES D'EXIL
Chabenat Gérard
Des femmes et des hommes ont quitté la terre qui ne leur offrait plus la vie. Des récits de vie, des récits de parcours de ceux dont l'empreinte est venue marquer le sol même du nouveau rivage. Et en filigrane, une méditation sur l'exil que nous portons peut-être tous en nous-mêmes, et que viennent rappeler à notre conscience les habitants de Marhaba, signifiant Bienvenue en langue arabe.
(Coll. Graveurs de Mémoire, 13.00 euros, 116 p.) ISBN : 978-2-296-97021-2

PETITE (LA) FILLE DU GRAZMACH A DISPARU. SAGA D'UNE FAMILLE ÉTHIOPIENNE
Menguiste ab Worke Moulou, Leenhardt Catherine
Au nord de l'Ethiopie, dans les confins de l'Erythrée, une petite fille souffre des persécutions de son père, dignitaire et notable du Tigray. A sept ans, devant l'indifférence de ses proches, elle décide de partir. Durant son épopée, elle subit les pires affronts : vendue, violée, excisée, emprisonnée, elle ne survit que grâce à son fort tempérament. Témoignage poignant de la survie des petites Éthiopiennes, ce récit est aussi l'occasion d'évoquer des faits historiques de 1896 à 2009 et de rendre compte d'une saga familiale où apparaît entre autres personnages, celui du grazmach, sorte de gouverneur local.
(Coll. Graveurs de Mémoire, 22.50 euros, 224 p.) ISBN : 978-2-296-96850-9

UNE VIE DE TRAVERSE. SOUVENIRS TRUCULENTS D'UNE GITANE REBELLE
Pierron Alouisa
J'ai grandi dans une roulotte, entre une mère gitane et un père gadjo, rebelle et anarchiste. À quatorze ans, dans des petites usines de la banlieue parisienne, je suis passée de l'enfance à l'âge adulte en découvrant un monde ouvrier sans pitié. Chaque soir je m'évadais pour retrouver ma bande de copains et

faire les quatre cents coups dans des jeux dangereux... jusqu'à un mariage catastrophique. Ce récit plein de tendresse, de rires et de catastrophes est un hommage à mes parents, à ma jeunesse, à mes copains.
(Coll. Graveurs de Mémoire, 21.00 euros, 208 p.) ISBN : 978-2-296-97018-2

A LA RECHERCHE DE MES RACINES
L'histoire d'une famille portugaise de la fin du XVIe siècle à nos jours
Marchand Maria - Préface de Bernard Lallemant
Née en 1957 à Melgaço do Minho au Portugal, Maria Marchand vit en France depuis son enfance. Passionnée d'histoire et de généalogie, elle nous livre ici le résultat de ses recherches. Cet ouvrage, basé sur des documents d'archives, couvre quatre siècles d'événements familiaux.
(Coll. Graveurs de Mémoire, 20.00 euros, 194 p.) ISBN : 978-2-296-96068-8

BONHEUR (LE) PERDU DES EXCLUS
1962 : les conditions désastreuses de l'exode des pieds-noirs et des harkis
Lopez Robert - Préface d'Alain Vircondelet
Le cinquantenaire de l'indépendance algérienne est l'occasion de revenir sur les conséquences des accords d'Evian auxquels pieds-noirs et harkis n'ont jamais été associés. Parlant avec émotion de l'exode qui fut l'épisode le plus tragique de leur vie, l'ouvrage revient sur l'histoire de ces vaincus qui ont contribué à façonner l'Algérie et qui n'eurent pas d'autre alternative que «la valise ou le cercueil», contribuant ainsi à réhabiliter leur image auprès d'une opinion publique mal informée.
(Coll. Graveurs de Mémoire, 17.50 euros, 174 p.) ISBN : 978-2-296-96073-2

UNE SI DOUCE ENFANCE
Nelson Pierre
Avec des mots d'une étrange douceur, ce témoignage retrace trois années d'horreur, d'internement et de déportation dans les camps nazis. L'auteur, alors âgé de 11 ans, a dû veiller seul sur sa jeune soeur et son petit frère. Peur, effroi, naïveté autant qu'ahurissante lucidité, mais aussi dignité et solidarité ont creusé de profonds sillons chez trois enfants revenus vivants par miracle et pleinement adultes en 1945...
(Coll. Graveurs de Mémoire, 25.00 euros, 248 p.) ISBN : 978-2-296-96816-5

L'HARMATTAN, ITALIA
Via Degli Artisti 15; 10124 Torino

L'HARMATTAN HONGRIE
Könyvesbolt ; Kossuth L. u. 14-16
1053 Budapest

ESPACE L'HARMATTAN KINSHASA
Faculté des Sciences sociales,
politiques et administratives
BP243, KIN XI
Université de Kinshasa

L'HARMATTAN CONGO
67, av. E. P. Lumumba
Bât. – Congo Pharmacie (Bib. Nat.)
BP2874 Brazzaville
harmattan.congo@yahoo.fr

L'HARMATTAN GUINÉE
Almamya Rue KA 028, en face du restaurant Le Cèdre
OKB agency BP 3470 Conakry
(00224) 60 20 85 08
harmattanguinee@yahoo.fr

L'HARMATTAN CAMEROUN
BP 11486
Face à la SNI, immeuble Don Bosco
Yaoundé
(00237) 99 76 61 66
harmattancam@yahoo.fr

L'HARMATTAN CÔTE D'IVOIRE
Résidence Karl / cité des arts
Abidjan-Cocody 03 BP 1588 Abidjan 03
(00225) 05 77 87 31
etien_nda@yahoo.fr

L'HARMATTAN MAURITANIE
Espace El Kettab du livre francophone
N° 472 avenue du Palais des Congrès
BP 316 Nouakchott
(00222) 63 25 980

L'HARMATTAN SÉNÉGAL
« Villa Rose », rue de Diourbel X G, Point E
BP 45034 Dakar FANN
(00221) 33 825 98 58 / 77 242 25 08
senharmattan@gmail.com

L'HARMATTAN TOGO
1771, Bd du 13 janvier
BP 414 Lomé
Tél : 00 228 2201792
gerry@taama.net